「鬱屈」の時代をよむ

今野真二

Konno Shinji

目次

第四章　詩的言語にあらわれた「鬱屈」

「気持ち・感情」を言語化する

災後の詩的言語

萩原朔太郎『月に吠える』　郷愁から生理的の恐怖感、そして苦悩へ

山村暮鳥『聖三稜玻璃』で使われている語

関東大震災後の言語空間

『噫東京　詩・散文』

『震災詩集　災禍の上に』

東京市編纂『詩集　市民の歌へる』

アララギ発行所編大正十二年震災歌集『灰燼集』

増田乙四郎詠著『大正激震猛火の新体詩』

「器」としての詩・短歌・新体詩

凡　例

一、引用にあたって、漢字字体は、常用漢字表に当該漢字が載せられている場合には、その字体を使い、載せられていない場合は、適宜判断した。

一、引用文中、かなづかいは現代仮名遣いにし、促音・拗音にあてられている「つ」「や」「ゆ」「よ」は小書きにした。また、振仮名のかなづかいも現代仮名遣いにし、繰り返し符号は適宜、仮名に置き換えた。

一、引用文中の傍線は引用者、傍点は原文による。

一、引用には一部、今日の人権意識に照らして不適切な表現があるが、原典の時代性に鑑み、原文のままとした。

一、「ユウダチ」のように、片仮名で書き、一重鉤括弧に入っている場合は、「ユウダチ」という語そのものをあらわしている。この表示では、当該語がわかりにくい場合は、丸括弧に漢字列を入れて、「ユウダチ（夕立）」と示す。

はじめに

本書は『「鬱屈」の時代をよむ』をタイトルにした。

令和二（二〇二〇）年二月三日に、横浜港に停泊した大型クルーズ船「ダイヤモンド・プリンセス」で新型コロナウイルスの検疫が行なわれた。この新型コロナウイルスに対応する専門家の組織として厚生労働省内に「アドバイザリーボード」が設置され、第一回の会合が二月七日、第二回が二月十日に開かれている。この原稿を書いている令和四（二〇二二）年九月十五日の『朝日新聞』によれば、九月十四日の、午後七時半時点で確認されている新型コロナウイルスの国内の新規感染者は十万二七七人で、感染者の累計は二〇四一万四七六二人、死者は一八四人が新たに確認され、その累計は四万三二一一人になっている。その一方で、感染者の「全数把握」は、九月二十六日以降は行なわないことになった。新型コロナウイルスの感染が終息しない状況のもと、二年半以上日常生活を送ってきたことになる。

令和四年二月二十四日にはロシアがウクライナに侵攻し、「ウクライナ戦争」が始まった。侵攻の様子が毎日のようにテレビで報道され、「専門家」が軍事作戦についてテレビで語る日々が続いた。

新型コロナウイルスのような感染症が大流行したことは過去にもあり、またいろいろな規模で、戦争が繰り返されてきた。疾病の他にも地震や台風、大雨による自然災害もある。そうした事態に遭遇した時、人は平静ではいられない。いろいろな感情がわきあがり、いろいろな気持ちになる。人は自身の気持ち、感情と向き合い、他者の気持ち、感情と向き合って生きていかなければいけない。

いろいろな「気持ち」「感情」がある中で、潑剌(はつらつ)とした気持ちや、喜びという感情ではなく、不安な気持ち、憂鬱な気持ち、鬱屈した気持ちや感情などに焦点を絞り、そうした気持ちや感情がどのように言語化されてきたかを「よむ」ことをテーマとしたのが本書だ。「言語化されてきたか」と述べたが、うまく言語化されない場合もあるだろう。それをも含めて「言語化された気持ち・感情」について考えてみたい。

ここで筆者の考えているモデルを紹介しておきたい。本書も、このモデルに基づいて述べていくことにする。その言語を書きあらわすための文字をもっている言語には「はなしことば」と「書きことば」とがある。本書の観察対象は「書きことば」である。ただし、つねに「はなしことば」「書きことば」両方を視野に入れておきたい。「はなしことば」であれば、「話し手」と「聞き手」、「書きことば」であれば、「書き手」と「読み手」を想定することができる。「話し手」「書き手」を情報の「発信者」ととらえ、「聞き手」「読み手」を「受信者」ととらえて、「発信者／受信者」という表現を使うことにする。

情報の発信者の脳内には、他者に伝えたい「情報」があるとまず考える。この「情報」は最初かたちをもっていないと前提しておく。そう前提すると「かたち」を与えるためのなんらかのプロセスがあることになる。

言語によってこの「情報」にかたちを与えるプロセスを「言語化」と呼ぶことにしよう。そうすると視覚でとらえることができる映像によってこの「情報」にかたちを与えるプロセスは「視覚化（映像化）」ということになる。「言語化」も「視覚化」の一つであるとみることもできるが、今ここでは、両者は別のプロセスと考えることにする。「視覚化」も、

（現代はいろいろな方法があるが）かつての絵画作品のように「手で描く」場合と、写真や映画のようになんらかの機材を使う場合とに分けることができる。映画が言語と無縁ということではない。絵画や写真と言語とのかかわりは、むしろ濃密で、「絵画・写真・言語」のかかわりについて考えることは一つの大きなテーマとなるが、今回は「言語化」に絞って話を進めていきたい。

「気持ち・感情・感覚」の言語化

発信者は自身の「気持ち・感情・感覚」を内包した「情報」を言語化しようと思っているとしよう。「内包した」と表現したのは、「気持ち・感情・感覚」がそのまま、いわばストレートに言語化されるとは限らないと思われるからだ。「気持ち・感情・感覚」を核としてそのまわりに、なんらかの他の「情報」が附加されていることもある。

例えば、詩人の萩原朔太郎（一八八六～一九四二）は、「詩の表現の目的」は「感情そのものの本質を凝視し、かつ感情をさかんに流露させることである」と述べている（『月に吠える』序）。「気持ち・感情・感覚」を言語化しようとすることによって、自身の「気持ち・感情・感覚」がどういうものであるかという、その「本質を凝視」するという段階、プロセスがあることを意識している。感じていることをすぐに口に出す、ということではないことには留意しておきたい。思ったことをそのまま言うのがなぜ悪い、思ったことは事実なのだ、という場合には、「気持ち・感情・感覚を凝視する」というプロセスがないので、「生体反応」にちかい。「うるさい」と感じた瞬間に「うっせぇわ」と怒鳴るのはまさしく「生体反応」だろう。

「感情をさかんに流露させる」の前には「かつ」がつけられており、朔太郎は「凝視」というプロセスを経て、その後に「感情をさかんに流露させる」という順番があるとみている。言語化されていない、発信者の脳内にある「気持ち・感情・感覚」は言語化されていないのだから、かたちをもっていない、不定形なものだ。その不定形なものに、言語でかたちを与えるのが言語化であるが、どの語によってかたちを与えるか、どのような言語表現によってかたちを与えるか、を考える必要がある。「気持ち・感情・感覚」を言語化しようとしているのだから、その時には「何を言語化しようとしているか」は決まっている。ただし、その「何」がまだかたちをもっていない。ここに「気持ち・感情・感覚」の言語化の難しい点がある。この「気持ち・感情・感覚」を伝えたい、しかしその「気持ち・感情・感覚」をどう言語化すればいいかはまだ決まっていない。その際には、この語で言語化するのがいいか、この表現で言語化するのがいいかという「言語と気持ちとの照らし合わせ」が必要になる。その「照らし合わせ」も「言語」によって行なうしかない。このように、「気持ち・感情・感覚」を言語化するにあたっては、自身の気持ちにぴったりかどうかという振り返り、検証を慎重に丁寧に行なう必要がある。

しかしまた、言語によって、自身の気持ちにレッテルを貼り、レッテルを貼ることによって、自身の気持ちはそうか「憂鬱」なのだ、とか「恋情」なのだとか「嫉妬」なのだとかわかる、納得するということもある。自身が言語によって自身の気持ちを確認するプロセスといってもよいかもしれない。レッテルを貼ることができるのは、自身の気持ちを大きく抽象化できる場合で、大きな抽象化であるから、比較的単純な言語化、「回収」のしかたともいえよう。「鬱屈」した気持ちを「重たい空気」と表現すると、自身のこの「なんともいえない気持ち」を「重たい空気」という言語表現によって「象徴」したことになる。例えば、「重たい空気」というタイトルの詩をつくって、「なんともいえない気持ち」

を詩的言語として表現するということだ。その詩作品は「象徴詩」ということになる。右の説明は「なんともいえない気持ち」を「鬱屈」とみなし、その「鬱屈」をさらに「重たい空気」と表現し換えてから「鬱屈」をはずして、「なんともいえない気持ち」を「重たい空気」と表現するというプロセスの説明となっている。そうではなくて、「なんともいえない気持ち」を（「鬱屈」という語を経由しないで）「重たい空気」といきなり表現することもあるだろう。

右では、「鬱屈」のような、「気持ち・感情・感覚」をあらわす一語を「レッテル」と呼んでみた。「レッテル」がある程度蓄えられていくことによって、その「レッテル」を媒介として、簡単には「レッテル」を貼ることができないような複雑な「気持ち・感情・感覚」が言語化できることもある。しかし、そもそも「レッテル」を貼りにくい、複雑な「気持ち・感情・感覚」なのだから、ある程度「レッテル」が蓄えられてくると、なんとか言語化しようという紆余曲折、プロセスを放棄し、省いて、安易に「レッテル」による言語化をする、ということも考えられる。「レッテル」側に先回りして、そちら側から自分の複雑な「気持ち・感情・感覚」をみる、といってもよい。

自身の「なんともいえない気持ち」が「鬱屈」なのだ、と表現することは、「鬱屈」という語が「なんともいえない気持ち」の象徴であるとみることもできる。

レッテルを貼ることで納得し落ち着くこともある。しかし、レッテルを貼ることによって、無理に自身の気持ちをかたづけてしまうこともあるかもしれない。かたづけるためにレッテルを貼ることもあるだろう。気持ちがあって、それを表現する語がある、語によって気持ちを整理する、「気持ちが先か言語が先か」という循環的な状況がうまれてくる。

レッテルが貼れない複雑な気持ちも当然あるはずで、それを言語に丁寧に移し換えていくと、詩ができあがるかもしれない。朔太郎の詩作品はそのような、複雑な「気持ち・感情・感覚」を言語化したものと思われる。

自分が「他者に伝えたいこと」を「情報」と呼ぶことにしよう。その「情報」は「明日は授業を休む」というような「ことがら」を主とする「情報」と、「明日は大学に行きたくないなあ」というような「ことがらと感情」が入り混じった「情報」と、「戦火に苦しむ人を見ると悲しい気持ちになる」というような「感情」を主とする「情報」とがあるだろう。

「ことがら情報」であっても、「感情情報」であっても、「何を言語化しようとしているか」は（ほぼ、にしても）決まっている。「ことがら情報」は「感情情報」よりも言語化しやすいので、「明日は授業を休む」ということはすでに「情報」としてまとまっている。しかし、より重要なのは、「何を言語化しようとしているか」ではなく、「どのように言語化するか」であろう。絵画作品であれば、「何が描かれているか」ではなく、「どのように描かれているか」に注目するということだ。リンゴが描かれている絵ですね、ではなく、そのリンゴがどのように描かれているかを注視しようということだ。

そう考えた場合、「ことがら情報」の言語化よりも「感情情報」の言語化がより困難の度合いが強いことになる。筆者は、文・文章を書くにあたって、詩的言語をよむ、ということが重要であると考えている。それは、右のようなことが予想されるからであって、「ことがら情報」よりも複雑であると思われる「感情情報」がどのように言語化されているか、どのように言語化することができるか、ということを丁寧に「よむ」ことによって、言語の可能性を、自身の経験としてつかむことができる。そのことがきわめて重要だと考えている。

雨の日は外に出られないからお家（うち）で遊ぶ：外と内

「気持ち・感情・感覚」がどこにあるか？と言われても、ここにある、とはいいにくいが、ヒトの身体（からだ）を考えた場合、「外」ではなく「内」にありそうだ。「外」と「内」とがわかりやすく言語化されている「雨」という童謡を採りあげてみよう。

鈴木三重吉（一八八二〜一九三六）が主幹を務める児童文芸雑誌『赤い鳥』は大正七（一九一八）年七月一日に創刊された。創刊号は「創作童謡」と銘打たれた北原白秋の「りす〳〵小栗鼠（こりす）」を巻頭に置き、「創作童話」として、島崎藤村の「二人の兄弟」、芥川龍之介の「蜘蛛（くも）の糸」が続く。泉鏡花の創作童謡「あの紫は」も載せられている。『赤い鳥』第一巻第三号（大正七年九月）には北原白秋の創作童謡「雨」が載せられている。この号には森田草平の童話「鼻きゝ源兵衛」、小島政二郎の童話「黒い小鳥」も載せられている。「雨」は五連構成であるが、その一、二、五連をあげてみよう。

雨がふります。雨がふる。

遊びに行きたし、傘はなし。
紅緒のお下駄も緒が切れた。

雨がふります。雨がふる。
いやでもお家で遊びましょう、
千代紙折りましょう、たたみましょう。

雨がふります。雨がふる。
昼もふるふる。夜もふる。
雨がふります。雨がふる。

「雨」には「浜辺の歌」や「かなりや」の作曲者である成田為三（一八九三〜一九四五）が大正八（一九一九）年六月に発表したものと、その後に「春よ来い」「靴が鳴る」などの作曲者である弘田龍太郎（一八九二〜一九五二）が曲をつけたものがある。雨が降っている。

遊びに行きたいが傘がない。だから「いやでもお家で遊」ぶことになる。外は雨が降っているので、内にこもる。雨によって、「外」と「内」とが鮮明に意識されることになる。

芥川龍之介（一八九二〜一九二七）の「羅生門」は大正四（一九一五）年十一月に雑誌『帝国文学』に発表されている。その冒頭は「或日の暮方の事である。一人の下人が、羅生門の下で雨やみを待っていた」だ。この場合は、雨が「雨に濡れてしまう場所」と「雨に濡れない場所」とを分けていることになる。

昼も夜も降り続く雨は、「内」にこもることを強いる。それも鬱陶しいことであろう。雨は、濡れるという「感覚（触覚）」「皮膚感覚・身体感覚」によって自身が濡れたことを確認することができる。雨に濡れる場所は「外」で、それが自身でわかる。しかし、「外」に降り注いでいるものや「外」に漂っているものが、感染症のウイルスのように、ヒトという生物の五感、身体感覚ではとらえられないものであった場合、「外」と「内」との境界がわかりにくくなってしまう。そしてその「漂っているもの」が生物としてのヒトの生命維持にかかわるような「もの」であった場合には、いいようのない不安が生じることになる。「不安」はヒトに生じるのだから、ヒトの「内」に生じるとみるのが自然だろう。

「不安」が大きくなったり、継続したりすると、それが「内」に蓄積する、あるいは膜のように「内」を覆う。

人間にかかわること、かかわらないこと

さて、「世界」を、「人間にかかわることがら」と「人間にかかわらないことがら」とに分けることができる。どちらに属するかは誰でもだいたい判断できそうなので、これは一般性の高い「排他的分類」といってよいだろう。

前者を研究するのが人文科学的研究で、後者を研究するのが自然科学的研究だ。「人文科学」という名称がいいか、「人文学」という名称がいいかという議論もあるが、今ここでは対であることがわかりやすくなるように「人文科学／自然科学」という名称を使っておくことにする。少しとらえかたが粗くなるが、「人文科学」は人間の「内」、自然科学は人間の「外」について考えるということになる。

生物としてのヒトを生物としてのヒトがどのように認識するか、ということは人文科学のテーマでもあるし、自然科学のテーマでもあるだろう。この問いに関しては、「文科系」

も「理科系」もない、といってもよい。文学作品においても、「外」と「内」は繰り返し採りあげられてきているモチーフ、テーマといってよい。

例えば、昭和三十一（一九五六）年に雑誌『新潮』の一月号から十月号に連載された、三島由紀夫（一九二五〜一九七〇）の「金閣寺」の末尾ちかくには、次のようにある。

> 私の内界と外界との間のこの錆（さ）びついた鍵がみごとにあくのだ。内界と外界は吹き抜けになり、風はそこを自在に吹きかようようになるのだ。釣瓶はかるがると羽搏（はばた）かんばかりにあがり、すべてが広大な野の姿で私の前にひらけ、密室は滅びるのだ。

右で「内界」「外界」とともに「密室」という語が使われていることには注目しておきたい。「密室」は「閉鎖的な空間」であり、場合によっては「親密（アンティーム）な空間」となる。「密室」は白馬会原町洋画研究所に属していた田中恭吉（きょうきち）、藤森静雄、大槻（おおつき）憲二を中心として、文学と美術に関心をもっていた東京美術学校の学生たちがつくっていた回覧雑誌の名前にもなっている。『密室』第一号は大正二（一九一三）年五月に発行され、大正三（一九一四）

年三月には第九号が発行されている。雑誌名や書名は、当該雑誌や書物が刊行された時期の「気分」を反映していることが少なくない。「密室」は大正時代のキー・ワードの一つといっていいだろう。

萩原朔太郎は『定本青猫』（昭和十一：一九三六年、版画荘）の「自序」において、「月に吠える」について「純粋にイマジスチックのヴィションに詩境し、これに或る生理的の恐怖感を本質した詩集であった」と述べ、続けて「青猫」について次のように述べている。

> この「青猫」はそれ（引用者補：「月に吠える」のこと）と異なり、ポエジイの本質が全く哀傷（ペーソス）に出発して居る。「月に吠える」には何の涙もなく哀傷もない。だが「青猫」を書いた著者は、始めから疲労した長椅子（ソフハア）の上に、絶望的の悲しい身体（からだ）を投げ出して居る。
>
> 「青猫」ほどにも、私にとって懐しく悲しい詩集はない。これらの詩篇に於けるイメージとヴィションとは、涙の網膜に映じた幻燈の絵で、雨の日の硝子窓にかかる曇りのように拭けども、拭けども後から後から現れて来る悲しみの表象だった。「青猫」

はイマジスムの詩集でなく、近刊の詩集「氷島」と共に、私にとっての純一な感傷を歌った詩集であった。ただ「氷島」の悲哀が、意志の反噬（はんぜい）する牙を持つに反して、この「青猫」の悲哀には牙がなく、全く疲労の椅子に身を投げ出したデカダンスの悲哀（意志を否定した虚無の悲哀）であることに、二つの詩集の特殊な相違があるだけである。

『月に吠える』（感情詩社・白日社共刊）が出版されたのが、大正六（一九一七）年で、『定本青猫』が出版されたのが昭和十一（一九三六）年であるので、この間の二十年ほどで「生理的の恐怖感」が「哀傷」「デカダンスの悲哀（意志を否定した虚無の悲哀）」に変わったということになる。この間に関東大震災が起こっていることはおそらく無関係ではないだろう。第三章において室生犀星（むろうさいせい）（一八八九〜一九六二）の「モダン日本辞典」についてふれるが、それが書かれたのが昭和五（一九三〇）年であり、昭和五年頃にはすでに「生理的の恐怖感」のようなものは消えていたと思われる。

名著初版本複刻珠玉選『月に吠える』（昭和六十：一九八五年、日本近代文学館）に添えられている「『月に吠える』解説」において、那珂（なか）太郎は次のように述べている。

彼（引用者補：朔太郎のこと）は「生理的」の語を用いるより、むしろ「実存的」もしくは「生命的」とでも記すべきではなかったか。彼がその頃一種の神経症めいた状態にあったことはたしかだろうが、ここにいう「疾患」とは、けっして単なる神経的生理的疾患なのではなく、より根本的には彼における生そのものの意味への問いの意識にほかならず、朔太郎は、おのれの生を「疾患」としてなやむ実存の苦悩を通して、すべての「物象」を、一種心霊味ともいうべきものを帯びた「全く新らしい有機体」にまで「化成」したのだといっていいのである。『月に吠える』の詩法が独創的なまでに近代的だったとするなら、むしろ作者の実存の意識こそが、独創的なまでに近代的だったのであり、彼の詩におけるリズムなりイメエジなりの、言葉のいのちの深い把握は、作者のそのような意識の深さに応じてはじめて可能だったと言わねばならない。

ここで那珂太郎は、萩原朔太郎が実際に、つまり身体的に「神経的生理的疾患」状態であったから、「神経的生理的疾患」を思わせる作品をつくった、という「論理」を避けていると思われる。

例えば、芥川龍之介について、龍之介は実際に斎藤茂吉（一八八二〜一九五三）の診察を受けていた、そういう身体的な状態だから、「歯車」をはじめとする作品をつくった、という「論理」は多くの言説にみられる。文学作品「歯車」を生身の芥川龍之介の状況と結びつけない「よみ」はきわめて少ない。もちろん生身の作者の状況がその作者の作物とまったくかかわりないとはいえないであろう。しかしそれでもなお「論理」としては区別するという態度、「みかた」には意義があると考える。

那珂太郎は朔太郎の「生そのものの意味への問いの意識」が作品に表出しているとみているが、首肯できるみかたといえよう。「生そのもの」への問いはすなわち「内」への問いである。「内」への問いは「自己反省」「自己検証」といってもよい。自身の「外」がどうであるかをとらえ、「内」へ問いかける。「内」への問いから得られた答えをアウトプットにつなげる。まさに「双方向的」であるが、よくいわれる「自分のことは棚に上げておいて」は「内への問い」の放棄ということになる。「外」を自身の「内への問い」ととらえ、自身の「内」へいったんは取り込む、ということは大事であろう。

那珂太郎がいうところの「実存的」「生命的」はアンリ・ベルクソンの「エラン・ヴィタル」を思わせる。「生命的」は生物としてのヒトの総合的な把握といってよく、例えば「くさつた蛤（はまぐり）」（半身は砂のなかにうもれていて、／それで居てべろべろ舌を出して居る。）や「春の実体」（かずかぎりもしれぬ虫けらの卵にて、／春がみっちりとふくれてしまった。）など、朔太郎の官能的と評されるような表現を含んでいる詩は、そのように考えることによって理解しやすくなる。

「動物」と対にした場合の「植物」は動かないものということになるが、「生命力の旺盛さ」を目に見えるかたちで示すのはむしろ植物かもしれない。「官能的と評されるような側面」を「生物としてのヒトのもつ生存にかかわる欲望」と表現し換えた場合、人間の欲望を「否定の相（悪）」の側ではなく「肯定の相（善）」の側、あるいは（少なくとも）「ニュートラルな相」でとらえたということになるのではないか。

さて、「家」はまとまった一つの空間を思わせるが、「家」の中の「密室」は外部からは区切られた閉鎖的で私的な、親密（アンティーム）な空間を思わせる。そう考えると、明治の「家」に対して大正の「密室」というとらえかたができるだろう。「密室」は「外」から自身を防御（ぼうぎょ）するために、あるいは「外」から逃避するために自分からひきこもる空間でもある。

「屋根裏」は家の内部において「密室」性がきわめて高い空間といってよい。「屋根裏」といえば、江戸川乱歩（一八九四〜一九六五）の「屋根裏の散歩者」がすぐに思い浮かぶが、この作品は雑誌『新青年』の大正十四（一九二五）年八月増刊号に発表されている。そしてまた、「屋根裏の散歩者」に影響を与えた作品として、大正七（一九一八）年に発表された宇野浩二（一八九一〜一九六一）の「屋根裏の法学士」がある。広津和郎（かずお）（一八九一〜一九六八）は大正七年に『神経病時代』を出版しているが、大正十一（一九二二）年には雑誌『改造』六月号に「隠れ家」という題名の作品を発表している。

反対側、裏側での表現

『朝日新聞』の記事を検索することができるデータベース「朝日新聞クロスサーチ」で「おうち時間」という文字列を検索してみると（令和四：二〇二二年十月六日検索）、令和二

（二〇二〇）年四月二日の記事から令和四年九月二十二日の記事（デジタル版および『AERA』『週刊朝日』の記事を含む）まで二六〇件がヒットし、「お家時間」という文字列で検索すると令和二年十二月三日から令和三（二〇二一）年九月六日までの記事五件がヒットする。「おうち時間」「お家時間」いずれも、令和元（二〇一九）年以前のヒットはない。いうまでもないが、この語は新型コロナウイルスの感染拡大にともなって、新聞記事でいえば、令和二年の四月頃から使われるようになった語だ。筆者は、「オウチ」という、通常であれば、成人が使わないような、未就学児童に使うようなこの語の使用がずっと気になり続けている。テレビの夕方の情報番組などでも使われている。成人が使わない、未就学児童に使うということを、この語の特徴とみて、「語性」というとらえかたをしてみよう。

この「オウチ」という語の「語性」は「舌足らずな気分」で、それが「私的で親密（アンティーム）な空間」を思わせているのではないか。令和二年以降の日本列島上の言語空間において、それが使われているということは、その言語空間で日常生活、言語生活を送っている言語使用者が、それを受け入れている、さらにいえばしらずしらずのうちに、そうした「語性」

を多くの人が求めているということではないだろうか。何かに感動したことを「感動した」と言語化することもできるので、鬱屈していることを「鬱屈している」と言語化することもできる。これはいわば「レッテル」どおりの言語化ということだ。「嫉妬」という感情を「嫉妬した」と言語化することはもちろんできる。しかし実際には、もっといわば「遠回し」な言語表現が選択されることが多い。それは言語化しようとしている「情報」が「気持ち・感情」だからだろう。

「気持ち・感情」を生のままぶつけられるとぶつけられた側はたじろぐ。「オウチ」が「鬱屈」した「気持ち・感情」が言語化されたものかどうか、そこにはまたいろいろなとらえかたがありそうであるが、筆者は、そういう面はあるのではないかと思う。辛いものを食べ続けたから、少し甘いものを食べたい、というたとえがいいかどうかわからないが、そういうことだろう。辛さと甘さとのバランスをとるということのようにも思われるし、甘さによって辛さを緩和する、中和するということかもしれない。もしもそうであるとすれば、これは「鬱屈」の反対側、裏側で「鬱屈」を言語化したことになる。「対概念」側といってもよい。本書ではこういうことについても考えていきたい。

「外」と「内」のように、事象や現象を二つに分けると物事がわかりやすくなることが少なくない。『広辞苑』第七版（平成三十：二〇一八年、岩波書店）は見出し「にこうたいりつ（二項対立）」を「二つの概念が対立や矛盾の関係にあること。また、そうした対立概念によって世界を単純化して捉えること。男と女、精神と身体、主観と客観など」と説明している。「世界を単純化して捉える」からわかりやすい。しかし、その一方で、「単純化」しすぎているともいえるので、そうなりすぎていないかどうかという注意は必要だ。そうではあるが、本書のテーマは「内と外」をはじめとする二つの要素＝項目にかかわるので、わかりやすい「二項」を使って、できるかぎり具体的に観察をし、説明をしていくことにしたい。

ところで、筆者が知っていた「雨」は弘田龍太郎作曲のもので、それはハ短調だ。一方、成田為三作曲のものは、へ長調だ。弘田龍太郎の曲はしんみりしているが、成田為三の曲はどちらかといえば、元気がよい。先に成田為三の曲があったから、それを意識して弘田龍太郎は短調で作曲したのであろうが、同じ詩に曲をつける場合でも、長調と短調のように、いわば「反対」のものがアウトプットされることがある。「こちら側」の反対側が

「むこう側」と思っていたら、「こちら」と「むこう」はとなりあわせだったというようなことだろう。こうしたことも本書を通じて丁寧に述べていきたいことがらだ。

第一章　気持ち・感情・感覚の言語表現

気持ちと感情

どうしても、もう、とても、生きておられないような心細さ。これが、あの、不安、とかいう感情なのであろうか、胸に苦しい浪(なみ)が打ち寄せ、それはちょうど、夕立がすんだのちの空を、あわただしく白雲がつぎつぎと走って走り過ぎて行くように、私の心臓をしめつけたり、ゆるめたり、私の脈は結滞して、呼吸が稀薄(きはく)になり、眼(め)のさきがもやもやと暗くなって、全身の力が、手の指の先からふっと抜けてしまう心地がして、編物をつづけてゆく事が出来なくなった。

（太宰治「斜陽」）

右では「どうしても、もう、とても、生きておられないような心細さ」が「不安、とかいう感情なのであろうか」と表現されている。「斜陽」は雑誌『新潮』の昭和二十二（一九四七）年七月号から十月号まで四回にわたって連載された。「斜陽」は文学作品であるので、作者である太宰治（一九〇九～一九四八）がそのような表現をした、ということになる。文学作品を一つのまとまりのあるテキストとみた場合、そのテキストは「作り物」である。文学作品のいわゆる「筋」は、まずは「作り物＝フィクション」ととらえなければならないであろうが、右のような言語表現についてはどうとらえればよいのだろうか。「書き手」である作者が選択した言語表現であるということからすれば、「作り物」であることはたしかであるが、「筋」についての「フィクション／ノンフィクション」ということとは明らかに異なる。

小説の場合、作品の外に「作者」と呼ばれる人物がいて、作品の中に「登場人物」が設定され、多くの場合、その他に作品を動かしていく「語り手」がいる。本書においては、作品の一つ一つの表現について、誰のことばか、と考えるのではなく、それを「言語化された表現」として括り、どのように言語化されているか、ということに焦点をあてたい。

私小説と呼ばれるような文学作品の場合は、作品のどこが「作者の実際・実生活」と重なっていて、どこは重なっていないか、ということが取り沙汰されやすい。右のような箇所は、そうした意味合いでの「作者の実際・実生活」を表現しているわけではない。しかし、作者の感覚にねざしたものではあることは疑いがない。あるいはこうした感情、感覚にかかわる言語表現に、「作者」がもっとも濃密にあらわれているという「みかた」ができるかもしれない。それは、私小説であっても、そうでなくても、感情・感覚の言語表現は「ノンフィクション」であり、そこにこそ「作者」らしさ、「作者」の個があらわれるという「みかた」だ。

本章の冒頭で引用した「斜陽」では「不安、とかいう感情なのであろうか」と疑問文が使われている。それは自身でもよくわからないものについて述べようとしているからであろう。ある「感情」をまず「どうしても、もう、とても、生きておられないような心細さ」と言語によって説明的に表現する。そしてそれをさらに「不安」と名づけてみる。なんと表現すればよいかわからない自身の気持ちを説明的に表現し、それをさらに抽象度の高い「不安」というような一つの語でとらえる。あるいは「不安」というカテゴリーに収める。

右では、「気持ち」という語を使った。本書においては、「気持ち」と「感情」を区別したい。「気持ち」と「感情」をはっきり分けることはできない。だから、便宜的な区別になることは承知の上で、「恋愛」や「嫌悪」のように、一語でとらえることができるものを「感情」と呼び、どこかもやもやしてとらえどころがなく、それを言語でとらえようとすると、説明的になるものは「気持ち」と呼ぶことにしたい。「気持ち」を整理して、反芻することによって、「ああ、自分のこの気持ちは不安という感情なんだ」とわかる、あるいは「これが、嫉妬という感情なのだ」とわかる、という図式によって、話を進めていくということだ。整理できていないもの、整理しにくいものが「気持ち」で、整理されカテゴリー化されているものが「感情」といってもよい。カテゴリー化されるようなものであるということは、誰が整理しカテゴリー化するかとか、いつ頃の時期に整理しカテゴリー化されたものか、ということによって、「カテゴリー」やそこに貼り付けられる「レッテル」も変わる可能性があるということだ。

気持ち・感情と身体性

さて、「斜陽」において太宰は、「不安、とかいう感情」を「私の心臓をしめつけたり、ゆるめたり、私の脈は結滞して、呼吸が稀薄になり、眼のさきがもやもやと暗くなって、全身の力が、手の指の先からふっと抜けてしまう心地」と説明し直している。これはいわゆる比喩表現であるが、それが身体的な比喩として表現されていることには注意しておきたい。

現在、「感情」とは何か、ということがすみからすみまでわかっているとはいえないであろう。しかし、身体性とかかわっていることはたしかといってよい。身体的な不調が、身体にとどまらず、もやもやした「気持ち」をうみだしているように感じることがある。その「気持ち」は「感情」として表現することができずに、いつまでも「気持ち」にとどまって、もやもやし続けることがある。逆に、強い「不安」が胸苦しさや、胃の痛みなどのような身体的な不調になってあらわれる、あらわれていると感じることもある。「気持ち」「感情」と身体的な感覚は結びつき、双方向的な回路を形成しているようにみえる。

桐野夏生『OUT』にみる「感情」の発生

桐野夏生『OUT』(平成九：一九九七年、講談社)には次のようなくだりがある。

　憎しみだ。この感情を、憎しみというのだ。
　山本弥生は姿見に映る自分の全身を眺めながら思った。三十四歳の白い裸体のほぼ中央、鳩尾に際立った青黒い、ほぼ円形の痣がある。昨夜、夫、健司の拳固をここで受けたのだ。

それは、弥生の内部にはっきりと、ある感情を誕生させた。いや、以前からあったのだ。弥生は夢中で首を振った。鏡の中の裸の女も一緒に首を振る。以前からあった。ただ、名前をつけることができなかっただけなのだ。

憎しみという名前を持った途端にそれは黒い雨雲のように広がり、瞬く間に心を占領した。だから今、弥生の心の中には憎しみ以外、何もない。


夫である「健司」の暴力が「弥生の内部にはっきりと」した「ある感情を誕生させた」。しかし、振り返ってみるとその感情は「以前からあった」。ただ、それに「名前をつけることができなかっただけ」だったということに「弥生」は気づいた。その「感情」に「憎しみという名前」をつけた「途端にそれは黒い雨雲のように広がり、瞬く間に心を占領した」。

ここでも、「ある感情」があることはわかっていた。しかしそれに「名前をつけることができなかった」という「段階」があり、あるきっかけによって、それが「憎しみ」という感情であることを認識したことが表現されている。ここでの、カテゴリー、レッテルは「憎しみ」で、それが「名前」と呼ばれている。そして、「憎しみという名前を持った途端にそれは黒い雨雲のように広が」っていく。ここでは「憎しみ」が「黒い雨雲」と比喩的に表現されている。いうまでもないが、「感情」は視覚的なかたちをもたない。だから、自身がどのような「感情」をもっているか、自身でも認識しにくい。それを認識するためには、言語による説明が必要になる。いきなり「憎しみ」という「名前」をつけることもできなくはない。しかしそれができない場合には、「もやもやした」とか「すっきりしない」とか説明してみる。言語によって、「気持ち」や「感情」にかたちを与えるといってもよいかもしれない。それによって、「気持ち」や「感情」がコントロールできることもあるかもしれないし、できないかもしれない。多くの場合はできないだろう。しかし、そうやって、手探りのように自身の「気持ち」や「感情」を探ることが必要な場合もあるように思う。いろいろな場面において、説明しにくいことをできるかぎりきちんと言語化するということは重要な行為といってよい。

「斜陽」では「不安、とかいう感情」が「私の心臓をしめつけたり」する。つまり「感情が身体に影響を与える（と感じる）」という「方向」だ。『ＯＵＴ』では身体的な痛みが、「ある感情を誕生させ」ている。これはわかりやすいといえばわかりやすい。この場合は「身体が感情に影響を与える」ということで、やはり「感情」と身体的な感覚は結びついて双方向的な回路を形成していることがわかる。なんらかの感情をうみだすきっかけとなるのは、身体的な痛みとは限らない。「心の痛み」という表現があるが、身体的ではない「痛み」もある。

「外」が原因となって「内」に身体的な変化を及ぼすことがある。その「外」が大地震のような自然災害や、感染症のような疾病、戦争である場合、それらが日常的な生活空間を具体的にはっきりと変えてしまう。一方、「外」が漠然としたものであることもある。そうした「外」が個としてのヒト、生物としてのヒトにいわばはたらきかけ、そのはたらきかけによって、身体的な不調が起こることがある。身体的な不調には名前がつけられる。名前は「レッテル」といってよい。

明治期から大正時代、昭和初期にかけては、「神経病」「ヒステリー」「ヒポコンデリー」といった「レッテル」が使われた。「ヒポコンデリー」は、心身の不調に悩み、自身が重い病気ではないかと恐れる神経症的な状態を指すことばだ。

身体的な不調にちかいものとしては、「幻視・幻覚」「ドッペルゲンガー・ドッペルゲンゲル（Doppelgänger）」があり、不調にちかい気持ちをあらわす語として「メランコリー」がある。「ドッペルゲンガー・ドッペルゲンゲル」は〈生き写し・分身〉であり、〈自身の姿を自分で目にする、あるいは他者が自身の知らないところで自身を目にする現象〉のことで、芥川龍之介が大正期から昭和初期にかけて著わした作品、例えば「二つの手紙」（大正六：一九一七年）、「影」（大正九：一九二〇年）、「アグニの神」「妙な話」（大正十：一九二一年）、「少年」（大正十三：一九二四年）、「歯車」（昭和二：一九二七年）などに繰り返し見られるモチーフといってよい。豊島与志雄「蠱惑」（大正三：一九一四年）、佐藤春夫「指紋」（大正七：一九一八年）、谷崎潤一郎「人面疽」（大正七年）なども「ドッペルゲンガー・ドッペルゲンゲル」をモチーフとした作品といってよいだろう。江戸川乱歩「パノラマ島奇談」（大正十五〜昭和二：一九二六〜一九二七年）、岸田國士「双面神」（昭和十一：一九三六年）、横溝正史「双仮面」（昭和十三：一九三八年）もそうした「系譜」に連なる作品といってよい。

「外」に起因する不安を契機として「内」での問いかけが繰り返され、その結果、「自己同一性」が崩されたものが「外」に投影、反照して可視化された（ように感じられる）ものが「ドッペルゲンガー・ドッペルゲンゲル」とみることができそうだ。

自身の「内」での問いかけは当然「外」との「やりとり」をしながら行なわれることが多い。自身の「内」を探るということは、自身の「心境」や「心理」を探るということでもある。「ひそかに他人や事件について調べる」ことを「タンテイ（探偵）スル」という。

夏目漱石「彼岸過迄（ひがんすぎまで）」の「探偵」

この語は明治四十年代にはすでに使われていたことが確認できる。夏目漱石（一八六七～一九一六）の「彼岸過迄」は明治四十五（一九一二）年一月一日から四月二十九日まで『朝日新聞』に連載されたが、その「彼岸過迄」には次のようなくだりがある。

敬太郎は本気になぜ自分に探偵ができないかという理由を述べた。元来探偵なるものは世間の表面から底へ潜る社会の潜水夫のようなものだから、これほど人間の不思議を攫（つか）んだ職業はたんとあるまい。それに彼らの立場は、ただ他（ひと）の暗黒面を観察するだけで、自分と堕落してかかる危険性を帯びる必要がないから、なおの事都合がいいには相違ないが、いかんせんその目的がすでに罪悪の暴露にあるのだから、あらかじめ人を陥れようとする成心の上に打ち立てられた職業である。そんな人の悪い事は自分にはできない。自分はただ人間の研究者否人間の異常なる機関（からくり）が暗い闇夜に運転する有様を、驚嘆の念をもって眺めていたい。――こういうのが敬太郎の主意であった。

大正九（一九二〇）年一月には、森下雨村（うそん）を編集発行人とする雑誌『新青年』が創刊され、ひろい意味合いで探偵小説に属する作品を翻訳して掲載した。この雑誌『新青年』に、大正十二（一九二三）年には江戸川乱歩の「二銭銅貨」が掲載され、以後「探偵小説」がひろく受け入れられていく。「探偵小説」の他に「心境小説」「心理小説」「推理小説」という「レッテル」もあった。この時期は、人間の「気持ち・感情」が、文学という枠組みの中に一定のひろがりをみせている時期といってよいだろう。

大正六（一九一七）年に刊行された萩原朔太郎（はぎわらさくたろう）『月に吠（ほ）える』には雑誌『地上巡礼』創

刊号（大正三・一九一四年）に発表された「殺人事件」という作品が収められているが、そこには憂いを感じている「私の探偵」という表現が見られる。

殺人事件

とおい空でぴすとるが鳴る。
またぴすとるが鳴る。
ああ私の探偵は玻璃の衣装をきて、
こいびとの窓からしのびこむ、
床は晶玉、
ゆびとゆびとのあいだから、
まっさおの血がながれている、
かなしい女の屍体（したい）のうえで、
つめたいきりぎりすが鳴いている。

しもつき上旬(はじめ)のある朝、
探偵は玻璃の衣装をきて、
街の十字巷路(よつつじ)を曲った。
十字巷路に秋のふんすい。
はやひとり探偵はうれいをかんず。

みよ、遠いさびしい大理石の歩道を、
曲者(くせもの)はいっさんにすべってゆく。

『月に吠える』には北原白秋（一八八五〜一九四二）の「序」が附されているが、そこには朔太郎が「異常な神経と感情の所有者である事」が述べられ、「それは憂鬱な香水に深く涵した剃刀である」と述べられている。そしてまた朔太郎の作品を「凉しい水銀の鏡に映る剃刀の閃めき」と表現し、その鏡に「玻璃製の上品な市街や青空」が映ったり、「恐る可き殺人事件が突如として映ったり、素敵に気の利いた探偵が走ったりする」と述べる。「噴水」や「大理石」は白秋が『邪宗門』中で繰り返し使った語でもある。

「レッテル」が貼られたものは、言語化の域内に入り、言語化というプロセスを経てアウトプットされる。鬱屈した気持ち・感情が「行為・行動」のかたちでアウトプットされることもある。そうした場合「行為・行動」はしばしば破壊的であり、他者への攻撃となることが少なくない。現在のように、インターネットによる「情報」の発信、受信が常態となっていると、インターネット上での「情報」発信が、他者への攻撃性を帯びることも少なくない。そうした「発信」はかたちの上では言語化されたアウトプットではあっても、限りなく非言語的なアウトプットである「行為・行動」にちかくなる。他者に対しての配慮を欠き、自身の過剰ともいえる気持ち・感情を言語化したものは、言語であることを超えて他者に対しての攻撃的な「行為・行動」にちかづくのではないだろうか。

不安定な大正時代

少しとらえかたが粗いことは承知でいえば、「西洋」も含めた外国＝「外」との緊張関係の中で、「富国強兵」「殖産興業」といった表現をいわゆる「スローガン」とするような国家を形成していったのが明治時代で、軍事国家としてアジアを中心とした「外」に向かって膨張していったのが昭和時代だとすれば、この二つの時代に挟まれた、大正時代は、関東大震災が起こる大正十二（一九二三）年九月一日までは比較的落ち着いた時期であったとみることができるだろう。

大正時代とぴったりと重なるわけではないが、一九二〇年代（大正九〜昭和四年）について、芳賀徹（はがとおる）は「国のなかのたががゆるみ、内からも外からも、ゆらゆらと揺すぶられ、開放されて、リベラルだが底はいつも不安で不安定」で「バラ色と灰色が混じり合った時代」「間奏曲の時代」（長谷川堯（たかし）・中原佑介との座談会「二〇年代感覚のありか」、『美術手帖』第四六七号「TOKIO 1920s」特集号所収、昭和五十五：一九八〇年七月）と述べている。（前後の数年間を含めて）大正時代を「不安で不安定」な時期ととらえる言説は少なくない。

中村真一郎は『大正作家論』（昭和五十二：一九七七年、構想社）において、「大正文学というものは、小さなロココ的完成を示した時代である。あれほど細緻な形式的成功に達した時代は、文学史上、稀（まれ）である。短篇（たんぺん）小説という形式——その散文的達成と、詩的精神の発露との融合した形式――が、大正文学を代表することになったのは、当然である」（二一五～二一六頁）と述べている。『広辞苑』第七版は見出し「ロココ」を「フランスのルイ一五世時代の装飾様式。バロック様式のあとを受け一七二三年から六〇年頃まで流行。装飾の濃厚・複雑な渦巻・花飾・唐草などの曲線模様に淡彩と金色とを併用。建築・工芸・絵画に及び、画家ではワトー・ブーシェ・フラゴナールらがその代表」と説明している。「濃厚・複雑」がキー・ワードだろう。つまりは精緻な「作り物」といってよい。

大正時代は「不安」が揺曳し、「不安定」であったが、文学作品は「ロココ的完成」を示した。「不安が漂い不安定なロココ」が大正時代だということになる。そして同じ「西洋」という語でとらえられるものも、強く「公性」とかかわる「明治の西洋」と、公性が前面に出ていない、それを仮に「私性」と呼ぶとすれば、「私性」とかかわる「大正の西洋」とでは「西洋」の「内実」が異なることになる。そして、「私性」は理念よりも「具体的なもの」とかかわる。道でいえば、明治時代の道は「公道」、大正時代の道は「私道（路地裏）」とでもいえようか。明治時代につくられた洋館は公的なものが多く、大正時代につくられた洋館は私的なものが多いように感じるのもそういうことかもしれない。

そう考えた場合、明治時代、昭和時代に挟まれた（関東大震災までの）大正時代を「密室・温室的で親密（アンティーム）な空間が成り立っていた時期」とみることができそうだ。「外」からの圧力が強くなれば「内」にはその「圧迫感」が「鬱屈した気分」や「不安という感情」としてこもる。その一方で、「外」に憧れや救いを求めて、「内」にこもった「気持ち・感情」を向けていくこともある。

関東大震災までの大正期を「密室・温室的で親密（アンティーム）な空間が成り立っていた時期」とみることは妥当であろう。その「親密（アンティーム）な空間」には「密室」であるためにアウトプットしにくい、アウトプットできない「鬱屈」した「気持ち・感情」が充満することもあった。しかしまた、「親密（アンティーム）な空間」であるために「短篇小説という文学形式を、恐らく他のどこの国でも見られない程の高い完成にまで齎（もた）らした」（中村真一郎『大正作家論』一三七頁）ということもある。

しかし関東大震災が「こうした空気を根底から破壊してしまった」（同前）とすれば、それは自然災害が「文学空間」を変質させたということだ。関東大震災は、まずそれまであった日常的な「生活空間」を壊滅させたのであり、その中で「文学空間」が変質するのはむしろ当然であろう。「文学空間」という表現を採ったが、それはいうまでもなく「言語空間」である。

例えば、新型コロナウイルスの感染拡大に際して、「出口」「出口戦略」という語に日常的に接するようになった。「出口」はすぐさまトンネルのようなものを想起させる。「出口」が見えないトンネルに突然入ってしまったというような感じだろうか。暗くて先がよく見えない。これはこれまでの日常的な生活空間がすっぽり何かに覆われてしまったという「心性（メンタリティ）」に基づく比喩表現にみえる。覆われたということは、「これまでの日常的な生活空間」はそのままある、ということだ。あるいは「出口」から出れば「これまでの日常的な生活空間」がある、という「心性」かもしれない。しかし、「日常的な生活空間」が変質したのだとすると、「これまでの日常的な生活空間」はもはやない、ことになる。今ここでは「心性」という概念、表現を使って述べた。「心性」は「気持ち・感情のありかた」といってもよい。自身の「気持ち・感情」だからといって、すみずみまで明確に意識しているわけではない。むしろ自身の「気持ち・感情」だからわからないということだってあるだろう。それを窺（うかが）うのは、自身の使う言語表現、あるいは自身のまわりにある言語表現がどうみえるか、どう感じられるか、ということではないだろうか。

さて、日本列島が島であることを思えば、いつの時代であっても「外」が意識されることは当然で、その意識がより鮮明になったのが明治期以降であろう。その点において、江戸時代（の少なくとも初期）と明治時代とは連続しない。言い換えれば、「外」がはっきりと意識された時点が江戸時代と明治時代との画期であることになる。「外」と「内」との対照、照応によって「外」も「内」もより明確に認識されることになる。それは「内省・自己反省」といってもよいだろう。

「内」の空間は自身が属している空間であるから、「内」がどうであるかを観察することも、分析することも難しい。しかし、「内」も「外」も同じもので覆われた時、「内」と「外」との対照はわかりやすく、「内」がどうであるかという観察、分析、評価もしやすくなる。「内」と「外」は日本列島上で生きるすべての人が共通してもつ、もたざるを得ない「二項対立」であるといってよいだろう。

「ことがら情報」と「感覚情報」

右のように考え、本書は大正時代（一九一二〜一九二六）を中心として、前の五年間、後ろの十年間ほどをおもな観察対象期間とした。今からほぼ百年前頃ということになる。

さて話を戻そう。「情報」には「ことがら的な情報」と「気持ち・感情的な情報」とがあるとひとまず分けた。実際はそんなにきっぱりと分けることはできないであろうが、観察のための枠組みとしては、分けておきたい。先に述べたように、本書においては「気持ち」と「感情」を分けたいが、「情報（内容）」について述べる時は枠組みのレッテルを簡潔にするために、「ことがら情報」と「感覚情報」と表現することにしたい。「感覚情報」の内部に「気持ち情報」と「感情情報」があるということだ。

右で述べたことを、島村利正（としまさ）『青い沼』（昭和五十：一九七五年、新潮社）の文章を使って説明してみよう。

> 篠は、香椎にはそれきり返事をしなかったが、持前の勝気がすこしばかり頭をもたげて、大島紬（おおしまつむぎ）のなかの、小ぶとりのまるい肩に、ちょっとちからがこもってくるような感じがした。

頭上の梢から、聞きなれない小鳥の声が聞こえていた。城址を取りまく樹木は、思いのほか深い感じがした。商売気たっぷりの深大寺の境内より、荒廃したこの城址の方が、かえって佳いかも知れない。

「つぎさん、なかなかいいじゃないの」

「はい」

香椎はそこで立停まり、ポケットからホープを取出して火を点けた。篠は、

「一本くださらない」

と、云って、香椎の箱から一本貰った。篠はこのごろ、煙草を試みに喫みはじめていた。夫の宇吉が亡くなってから二年、常に一緒に暮していたわけではなかったが、このごろなんとなく、空虚で、そして所在がなくて仕方がなかった。

「篠」は「桃園クリーム本舗」の亡くなった先代社長の妻、「香椎」はその工場長であり新社長、「つぎ」はお手伝いさんという設定になっている。例えば、「香椎はそこで立停まり、ポケットからホープを取出して火を点けた」や「篠は、「一本くださらない」と、云

って、香椎の箱から一本貰った」は「ことがら情報」の言語化といってよいだろう。続く「篠はこのごろ、煙草を試みに喫みはじめていた。夫の宇吉が亡くなってから二年、常に一緒に暮していたわけではなかったが、このごろなんとなく、空虚で、そして所在がなくて仕方がなかった」の傍線部分は、「篠」が感じていること、すなわち「感覚情報」を言語化した箇所といっていいだろう。「深大寺の境内」を「商売気たっぷり」と形容し、「この城址」を「荒廃した」と形容するのは、「評価」であるが、それも「そう感じる」ということであり、「ことがら情報」ではない。どちらかといえば、「感覚情報」といってよいだろう。「小ぶとりのまるい肩に、ちょっとちからがこもってくるような感じがした」のは「篠」が自身でそう感じているということであるが、これも「感覚情報」にあたる。

このように、文章全体において、また文章を構成する一つ一つの文において、「ことがら情報」と「感覚情報」とは、ないまぜのようになって、言語化されていく。この文は「ことがら情報」、この文は「感覚情報」だとはっきりわかる場合もあるだろうが、どちらかといえばこっちかな、というような場合もあるだろうし、渾然一体となっていると感じる場合もあるだろう。それはむしろ自然なことであろう。しかし、本書では「ことがら情報」と「感覚情報」とを分けて観察したい。そして「感覚情報」の言語化がどのようになされているか、ということに焦点をあて、その「感覚情報」の中でも、特に「鬱屈した気持ち・感情」について採りあげていきたい。

第二章　文学作品の「鬱屈」

夏目漱石「道草」

夏目漱石の「道草」は『朝日新聞』に大正四（一九一五）年六月三日から九月十四日まで掲載されている。「自伝的な要素の濃い小説」（石原千秋『漱石はどう読まれてきたか』平成二十二：二〇一〇年、新潮社、七十二頁）と考えられている。かつては、漱石の実体験を濃厚に反映した作品とみなされ、「健三」を漱石、「島田」を漱石の養父である塩原昌之助に重ね合わせて読まれることもあった。今、ここではそうしたことについてはひとまず措く。以下本書では文学作品を引用することが少なくないが、当該作品の「梗概」は必要がある場合以外は示さないことにする。ここでは、石原千秋の前引書に掲げられている「梗概」の一部をあげておく。

遠い所から帰って来て大学の教師となっている健三は、学問一筋の生活を送っているが、それが妻お住からは手前勝手で理屈っぽい変人に見えている。一方、健三の目にはお住が理解と同情心のないしぶとい女と映り、お互い求めるところがありながら、夫婦仲はしっくりゆかない。
ある日、一五、六年前に別れたはずの養父島田が健三の前に現れ、以後金の無心をするようになった。健三は過去のいきさつから、厭々ながらも要求に応えてしまう。そのうち、島田と離婚した養母のお常まで現れ、健三から小遣いを受け取るようになる。（略）
一方、夫婦仲も悪化し、健三は妊娠中のお住を一夏実家へ帰したこともあった。お住はヒステリーの症状を現わし、それは健三にとって大学の講義よりも大きな問題とも感じられていて、お住を懸命に介抱するときだけ、健三にはお住との深い関わりを実感できる。

（三三二〜三三三頁）

「道草」の冒頭ちかくには次のようにある。引用が少し長くなるがあげておきたい。

ある日小雨が降った。其時彼は外套も雨具も着けずに、ただ傘を差した丈で、何時もの通りを本郷の方へ例刻に歩いて行った。すると車屋の少しさきで思い懸けない人にはたりと出会った。其人は根津権現の裏門の坂を上って、彼と反対に北へ向いて歩いて来たものと見えて、健三が行手を何気なく眺めた時、十間位先から既に彼の視線に入ったのである。そうして思わず、彼の眼をわきへ外させたのである。

彼は知らん顔をして其人の傍を通り抜けようとした。けれども彼にはもう一遍此男の眼鼻立を確かめる必要があった。それで御互が二三間の距離に近づいた頃又眸を其人の方角に向けた。すると先方ではもう疾くに彼の姿を凝と見詰めていた。

往来は静であった。二人の間にはただ細い雨の糸が絶間なく落ちている丈なので、御互が御互の顔を認めるには何の困難もなかった。健三はすぐ眼をそらして又真正面を向いた儘歩き出した。けれども相手は道端に立ち留まったなり、少しも足を運ぶ気色なく、じっと彼の通り過ぎるのを見送っていた。健三は其男の顔が彼の歩調につれて、少しずつ動いて回るのに気が着いた位であった。

其日彼は家へ帰っても途中で会った男の事を忘れ得なかった。折々は道端へ立ち止まって凝と彼を見送っていた其人の眼付に悩まされた。然し細君には何にも打ち明けなかった。機嫌のよくない時は、いくら話したい事があっても、細君に話さないのが彼の癖であった。細君も黙っている夫に対しては、用事の外決して口を利かない女であった。

次の日健三は又同じ時刻に同じ所を通った。其次の日も通った。けれども帽子を被らない男はもう何処からも出て来なかった。彼は器械のように又義務のように何時もの道を往ったり来たりした。

斯うした無事の日が五日続いた後、六日目の朝になって帽子を被らない男は突然又根津権現の坂の蔭から現われて健三を脅やかした。それが此前と略同じ場所で、時間も殆んど此前と違わなかった。

其時健三は相手の自分に近付くのを意識しつつ、何時もの通り器械のように又義務のように歩こうとした。けれども先方の態度は正反対であった。何人をも不安にしなければ已まない程な注意を双眼に集めて彼を凝視した。隙さえあれば彼に近付こうとする其人の心が曇よりした眸のうちにありありと読まれた。出来る丈容赦なく其傍を通り抜けた健三の胸には変な予覚が起った。

「とても是丈（これだけ）では済むまい」

然し其日家へ帰った時も、彼はついに帽子を被らない男の事を細君に話さずにしまった。


「推理小説的な展開で、読む人を引きつける」（平岡敏夫『夏目漱石 『猫』から『明暗』まで』平成二十九：二〇一七年、鳥影社、三九六頁）と評されるような冒頭部分であるが、右の「帽子を被らない男」が先に述べた登場人物「島田」である。

「推理小説的」というとらえかたは、多くの人が首肯するだろう。それは「何かが隠されている」「これから何か事件が起こる」という予感であり、それにともなって「何か不安定な落ち着きのない感じ」を読み手に与えるところからくるとらえかたといってよいだろう。

「健三」は「機嫌のよくない時は」「細君に話さない」とある。「機嫌のよくない時」とは「不機嫌な時」と言い換えることができる。山崎正和は『不機嫌の時代』（昭和五十一：一九七六年、新潮社）において「大正四年、（引用者補：数え年で）四十九歳の彼は『道草』を書いて、ここで初めて宿痾（しゅくあ）の不機嫌を正面から小説の主題とすることに成功した」（四十八頁）と述べている。「四十九歳の彼」はもちろん夏目漱石のことであるので、山崎正和は、漱石が不機嫌で、その不機嫌を主題とした小説が「道草」であるととらえていることになる。それは「道草」を「自伝的小説」ととらえる「みかた」に基づく言説であるが、そのことは措く。しかし、「道草」には「不機嫌な感じ」が満ちていることはいえるだろう。「健三」は「不機嫌」で、加えて「島田」によって、「脅やか」され、「不安に」させられている。小雨の中を「外套も雨具も着けずに、ただ傘を差した丈で」歩く「健三」は不用意ともいえるし、何かに気をとられているともいえよう。そうしたところに、不意に「帽子を被らない男」が出現する。「健三」が「悩まされ」るのは「眼付」であり、「健三」に「不安」を与えるのは、「相手の」「凝視」である。そして「相手」は「曇よりした眸」をしている。

夏目漱石は『文学論』（明治四十：一九〇七年、大倉書店）において、「文学的内容の形式は（F+f）なることを要す。Fは焦点的印象又は観念を意味し、fはこれに附着する情緒を意味す」と述べている。「焦点的印象又は観念」は「人間の認識」、「これに附着する情緒」は「認識にともなって生じる情緒」と言い換えてもいいだろう。このFとfで文学作品は成り立っているということだ。

夏目漱石の「F+f」は本書の「ことがら情報」「感覚情報」とほぼ対応している。そのことからいえば、「道草」の文章は「ことがら情報」と「感覚情報」とを分けて配置するのではなく、「ことがら情報」寄りの枠組みの中に言語表現を置き、その「ことがら情報」を「感覚情報」に少しだけ寄せているような言語表現によって組み立てられているようにみえる。「ことがら情報」をぴしっと表現せずに、ややぼんやりと、あるいはあえて遠いところから表現する、といってもよい。例えば、「道草」の冒頭には次のようにある。

> 健三が遠い所から帰って来て駒込の奥に世帯を持ったのは東京を出てから何年目になるだろう。彼は故郷の土を踏む珍らしさのうちに一種の淋し味さえ感じた。
> 彼の身体には新らしく後に見捨てた遠い国の臭がまだ付着していた。彼はそれを忌んだ。一日も早く其臭を振い落さなければならないと思った。そうして其臭のうちに

潜んでいる彼の誇りと満足には却（かえ）って気が付かなかった。

実は「遠い所から帰って来て」がどういうことか最初読んだ時はよくわからなかった。最初の二つの文をどのような「具体相」で理解すればよいかと考えた。岩波文庫の『道草』（昭和十七：一九四二年発行、平成十三：二〇〇一年第五十五刷）の「注」は「この「遠い所」について、従来の注は健三のモデルとされる作者夏目漱石の経験と照合して、いずれも〈留学地イギリス〉〈ロンドン〉としてきた。（略）「遠い国」とあるので全くの誤りとはいえないが、機械的な置き換えは作家の表現意図を狭めることになろう」（二八七頁）と述べている。「健三が外国から帰って来て」あるいは「健三がイギリスから帰って来て」と表現しなかったことには、書き手の表現意図がある、とみるのが自然であろう。これが先に述べた「遠いところからぼんやりと表現する」ということだ。

この「遠いところからぼんやりと表現する」は「迂言法（ペリフラーズ）」あるいは「異化・非日常化（オストラニェーニエ）」と呼ばれることがある。あえてまわりくどい表現をする、あるいは一般的・日常的な言語表現とはあえて異なる表現を使うということだ。清水孝純『漱石その反オイディプス的世界』（平成五：一九九三年、翰林書房）においては「彼は広い室の片隅に居て真ん向うの突当りにある遠い戸口を眺めた。彼は仰向いて兜の鉢金を伏せたような高い丸天井を眺めた。仮漆で塗り上げた角材を幾段にも組み上げて、高いものを一層高く見えるように工夫した其天井は、小さい彼の心を包むに足りなかった」について、「恐らく旧帝国大学の大講堂をこう漱石は表現した。勿論この視点は健三のものだが、ペリフラーズ的用法によって、漱石は健三の視点の特質を構成した。この表現において、大学とか、大講堂とかいったものを臭わせる一切が消失している」（二二九〜二三〇頁）と述べられている。

清水孝純が指摘するように、おそらく「広い室」は「旧帝国大学の大講堂」であろう。そうであれば「迂言法」といってよい。「旧帝国大学の大講堂」を「広い室」と表現しても比喩的表現とはいえないように、「迂言法」が必ず比喩的表現と呼び得る表現であるとは限らない。しかし、暗喩（隠喩）的な表現とみなし得る表現となることは少なくない。比喩的表現には、表現者自身が蓄積している「（脳内）情報」が深くかかわることが推測できる。清水孝純は「迂言法的方法は、そのままにまた『道草』全体の方法ではないか」

（二三七頁）と述べている。それだけ、「道草」には「迂言法（ペリフラーズ）」とみなし得る表現が多い。比喩的な「迂言法（ペリフラーズ）」が表現者自身の「（脳内）情報」と結びついているのであれば、とにもかくにも「自伝的」な面をもつ「道草」の主人公「健三」は漱石自身を投影しやすい。漱石が自身をいくぶんなりとも「健三」に投影しているから「道草」が「自伝的」と受けとめられているといってもよい。そうであるから、「道草」には「迂言法（ペリフラーズ）」が多く存在している。漱石自身の「イメージ」を起点とする「迂言法（ペリフラーズ）」が多く見られるということをもって、「道草」が「自伝的」であることを証明するということかもしれない。そうであれば、そういう箇所には、漱石が蓄積している「（脳内）情報」がはっきりと露出しているとみることもできる。

　新型コロナウイルスの感染が拡大して、緊急事態宣言が出る。外出を控えるようにという呼びかけがなされる。「外出自粛」で外に出ないことを「巣ごもり」と表現する。あるいは「はじめに」でもふれたが、「おうち時間」と表現する。かわいく表現したなと感じる。「巣ごもり」や「おうち時間」は「迂言法（ペリフラーズ）」であるし、「言語の非日常的使用」といってよい。人間について「巣ごもり」という比喩を使うことは多くはないだろう。大人が

「おうち時間」という表現を使うことも希だ。しかしこうした表現が使われるのは、こうした表現でも使わないとやっていられない、という気分が満ち満ちているからではないか。つまり「やっていられない」という鬱屈した気持ちがたどりつき、つかみとった表現が「巣ごもり」であり「おうち時間」だった。逼塞しているのではない、「巣ごもり」をしているのだ。「巣ごもり」は比喩でいえば、「鳥など動物の比喩」で、いずれは大きくなって巣から出ていく日が来る。あるいは冬の間は巣ごもりをしているが、春になれば、巣から出ていく。そういう希望をこめた表現であろう。「おうち時間」も、「今日はお外は雨だからおうちで楽しく遊びましょうね」というようなフレーズを思わせる。いずれ雨はやむから「お外」で遊べる時が来る、一時の辛抱だという潜在的な気持ちが選び取らせた表現ではないだろうか。鬱屈した気持ち・感情は鬱屈にちかい側での言語表現となることもあれば、反対側での言語表現となることもある。

「道草」が「健三」の「ぼんやりとした不安、日常生活との不調和」をテーマにしているから、「遠いところからぼんやりと表現」しているのだとすれば、漱石の表現意図はみごとという他ない。

例えば「曇よりした眸で凝視されたので不安を感じた」という表現であれば、「曇よりした眸」がなんとなくにしても「不安」を象徴しているということになり、「曇よりした眸」という「具体」によって「不安」という「抽象」を言語表現したことになる。しかし、漱石の表現はそうではなく、「何人をも不安にし」てしまうような眼で「凝視した」と組み立てている。「不安」というレッテルは貼った上で、そういう眼だ、と表現している。「眼」という「具体」にまず、「不安」という抽象的なレッテルを貼る。これは「具体」から「抽象」へという方向をもっている。先に「「ことがら情報」寄りの枠組みの中に言語表現を置き」と述べたのは、そのようにみているからだ。漱石が象徴表現を採らなかったのは、「ぼんやりとした不安、日常生活との不調和」がいわば「大きな感情」で、具体的なことがらによる象徴表現では、その「大きな感情」を表現しにくいと判断していたからではないだろうか。場面を限った「不安」であれば、その場面での（限られた）「不安」ということになり、それは象徴表現で表現できるだろう。

「道草」において、「健三」は「神経衰弱」、「お住」は「歇私的里（ヒステリー）」と述べられている。

彼が遠い所から持って来た書物の箱を此六畳の中で開けた時、彼は山のような洋書の裡（うち）に胡坐（あぐら）をかいて、一週間も二週間も暮らしていた。そうして何でも手に触れるものを片端から取り上げては二三頁ずつ読んだ。それがため肝心の書斎の整理は何時迄経（た）っても片付かなかった。しまいに此体たらくを見るに見かねた或（ある）友人が来て、順序にも冊数にも頓着なく、ある丈の書物をさっさと書棚の上に並べてしまった。彼を知っている多数の人は彼を神経衰弱だと評した。彼自身はそれを自分の性質だと信じていた。

家（うち）へ帰ると細君は奥の六畳に手枕をしたなり寝ていた。健三は其傍に散らばっている赤い片端（きれはし）だの物指だの針箱だのを見て、又かという顔をした。

細君はよく寝る女であった。朝もことによると健三より遅く起きた。健三を送り出してから又横になる日も少なくはなかった。斯うして飽く迄眠りを貪ぼらないと、頭が痺（しび）れたようになって、其日一日何事をしても判然しないというのが、常に彼女の弁解であった。健三は或は左右かも知れないと思ったり、又はそんな事があるものかと考えたりした。ことに小言を云ったあとで、寝られるときは、後の方の感じが強く起った。

「不貞寝をするんだ」

彼は自分の小言が、歇私的里性の細君に対して、何う反応するかを、よく観察してやる代りに、単なる面当のために、斯うした不自然の態度を彼女が彼に示すものと解釈して、苦々しい囁きを口の内で洩らす事がよくあった。

「何故夜早く寝ないんだ」

彼女は宵っ張であった。健三に斯う云われる度に、夜は眼が冴えて寝られないから起きているのだという答弁を屹度した。そうして自分の起きていたい時迄は必ず起きて縫物の手を已めなかった。

健三は斯うした細君の態度を悪んだ。同時に彼女の歇私的里を恐れた。それからもしや自分の解釈が間違っていはしまいかという不安にも制せられた。

「神経衰弱」は、ベルリン大学教授、フーフェランドの内科書『Enchiridion Medicum』のオランダ語訳を緒方洪庵（一八一〇〜一八六三）が重訳し、安政四（一八五七）年に出版が始まった『扶氏経験遺訓』（全三十巻）の十六巻の「尿崩」症の「治法」中に、「神経衰弱。感動過敏。歇以私的里。依卜昆垤児等ニハ神経薬。鎮痙薬」と、「歇以私的里（ヒステリー）」、「依卜昆垤児（ヒポコンデリー）」とともに使われているので、こうした医学翻訳書においては早くから使われていたことが確認できる。明治三十二（一八九九）年に春陽堂から出版された、泉鏡花（一八七三〜一九三九）の『湯島詣』の中においても「貴方が内を出てからは、鬱々して人にもお逢いなさらない。／医者は神経衰弱だというそうですが、不眠性に罹って、三日も四日も、七日ばかり一目もお寝みなさらない事がある。悩みが一通じゃあない」と使われているので、この頃にはひろく知られるようになった語（及び概念）であったと推測できる。

広津和郎は大正六（一九一七）年十月、『中央公論』に「神経病時代」というタイトルの作品を発表している。安藤宏は『日本近代小説史』（平成二十七：二〇一五年、中公選書）において、この作品を「若い新聞記者の「憂鬱」を扱った」と述べ、さらに「意識と行為の乖離を「神経」の病として追求する作風を確立した。その意味では佐藤春夫の『田園の憂鬱』と見かけ以上の共通点を持っており、大正期教養主義的な「人格」が称揚される一方で、その実体性に「感覚」や「神経」ということばによって切り込みをかけていくような動き――性格や個性の一貫性よりも外界と自己とのおりなす感性の動きを追いかけていこうとする志向――がすでに出始めていたことを物語っている」（一〇九頁）と述べている。「意識」と「行為」、「外界」と「自己」というとらえかたはいずれも「二項対立」的といってよい。

『読売新聞』に明治三十（一八九七）年一月一日から明治三十五（一九〇二）年五月十一日まで連載された、尾崎紅葉（一八六八～一九〇三）の『金色夜叉』の「新続編」第三章の冒頭には次のようにある。「ヒステリイ」について具体的に述べているところに注目したい。

私事人々の手前も有之候故、儀ばかりに医者にも掛り候えども、もとより薬などは飲みも致さず、皆打捨て申候。御存じの此疾は決して書物の中には載せて在るまじく存候を、医者は訳無くヒステリイと申候。是もヒステリイと申候外は無きかは不存申候えども、自分には広き世間に比無き病の外の病とも思居り候ものを、さように有触れたる名を附けられ候は、身に取りて誠に誠に無念に御座候。

昼の中は頭重く、胸閉じ、気疲劇しく、何を致候も太儀にて、別けて人に会ひ候が慾く、誰にも一切口を利き不申、唯独り引籠り居り候て、空く時の経ち候中に、此命の絶えず些ずつ弱り候て、最期に近く相成候が自から知れ候ようにも覚え申候。

夜に入り候ては又気分変り、胸の内俄に冱々と相成、なかなか眠り居り候空は無之、かかる折に人は如何ようの事を考え候ものと思召被成候や、又其人私に候わば何と可有之候や、今更申上候迄にも御座候わねば、何卒宜しく御判じ被遊度、夜一夜其事のみ思続け候て、毎夜寝もせず明しまいらせ候。

尾崎紅葉は慶応三年十二月十六日（一八六八年一月十日）にうまれている。夏目漱石は慶応三年一月五日（一八六七年二月九日）にうまれて、大正五（一九一六）年十二月九日に死去しているので、尾崎紅葉とほぼ同じ頃にうまれたとみてよいだろう。

石原千秋は「漱石の小説を見渡してみると、神経衰弱は『明暗』を除いてほぼ満遍なく登場する。主人公の男たちは、二、三の例外のほかはどうやらほとんど神経衰弱の患者ということになる」「一方、ヒステリーは、ほぼ『道草』に集中していて、しかも、健三と御住夫婦の鍵となる重要な要因となっているのである」（「『道草』のヒステリー」『漱石全集』第十巻附録の月報十所収、平成六：一九九四年、岩波書店）と述べている。つまり、紅葉、漱石の頃には、「ヒステリー」という語（及び概念）が小説作品中でも使われるようになっていた。

「神経衰弱」「ヒステリー」「ヒポコンデリー」という語や概念が小説作品中で使われるようになり、かつそれが登場人物の人物造型にかかわっているのだとすれば、これらの語は（なんらかの気持ち、感情、状態をあらわす）「カテゴリー」・「レッテル」として機能していることになる。

「道草」の連載が『朝日新聞』で始まった大正四（一九一五）年の十二月三十一日に、田中友治述『脳神経衰弱ヒステリー生殖器障害新治療法』という小冊子が発行されている。巻末には「本剤が神経衰弱、ヒステリー、生殖器神経衰弱、ヒポコンデル等神経系統諸疾患に対して絶大の効力を有する事は前述の如く実験上既に確信する処なるが」とあり、たぶんに田中友治が「研究創製したる新剤」の宣伝を目的とした冊子にみえる。それはそれとして、同書の「緒論」には次のように述べられている。「ヒステリー」についての医学的な言説として注目してみよう。

> 世の中が複雑になり生活が困難となって人々が烈しく脳味噌を搾り甚だしく精神を労させるので（他にも種々原因はあるが）此精神過労と云う事が大いなる原因となって、茲に脳神経衰弱とかヒステリーとか云う病気が出来上るのである、処で此病気に罹ったらドンナ事になるかと云うと、実に悲しい哀れな結果になって了う、即ち此病気の為めモーどうにも脳味噌は搾れず智恵は出ず物事万事が悲観的になって勇気と云うものなく而も身体に種々の苦痛が生じて来ると云う始末であるから、唯さえ精神を働かせ脳味噌を搾らねば渡れぬ世の中であるに、之れでは迚も社会に立って活動する事は出来ず空しく生存競争に敗北し何事も不成功に終り、轗軻不遇失意の人となって遂には浮世を果敢無く思うに至るのである、実に此の脳神経衰弱とかヒステリーとか

云う病人程人間の総ての快楽を奪い去り成功を妨害するものはあるまい、左れば今日活社会に立って活動し成功せんと思う人は先ず第一に、人の成功を邪魔するのみか人間一切の快楽を奪い去る所の恐るべき此の脳神経衰弱やヒステリーに取附かれぬ様用心せねばならぬのである

右では「生存競争」に勝ち、「成功」することを妨げるものとして「脳神経衰弱とかヒステリー」が位置付けられている。そのことには注目しておきたい。「生存競争」は進化論的な枠組みの中の概念であり、「成功」もひろい意味では「進化論的発想」に結びつけられていると思われる。そうしたものの対極に「脳神経衰弱」や「ヒステリー」が置かれている。本書は「鬱屈」の時代をよむことをテーマにしているが、「鬱屈」の対極に何が位置付けられているかに目を向けることによって、「鬱屈」の位置がはっきりしてくることもある。対義語によって語義を探るような「みかた」であるが、この「みかた」を適切に行なうことができれば、「鬱屈」が直接的に言語化されていなくても、潜在している「鬱屈」をみつけることができる。

令和三（二〇二一）年四月二十六日の『朝日新聞』夕刊の「コロナを生きる言葉集」においては、福島県猪苗代町にある古刹の住職が、リレーされる聖火を見て「仏様にお供えする「お灯明」が心に浮かんだ」と述べ、それが「コロナ禍で我慢を強いられ、先が見えない闇の中」での「希望の光」だという。ここでは、「コロナ禍」の対極に「光」が置かれていることになる。「コロナ禍で我慢を強いられ」ている。なかなかその状況から抜け出すことができないし、いつ抜け出すことができるかもよくわかっていない。何か「希望の光」があればいいなと毎日思っている。そんな時に目に入った「聖火」が、「ああ、これだ」と思わせる。「光」を求めているということは、「コロナ禍で我慢を強いられ」ている日常は「闇」にちかいものとして受けとめられているということだろう。

佐藤春夫「田園の憂鬱」

大正五（一九一六）年に発表されている田山花袋（一八七二〜一九三〇）の「東京の近郊」の中に次のようなくだりがある。

私は此処に初めて居を卜してから、もう十年近くなるが、この間の変遷は実に夥しいものである。都会の膨張力は絶えず奥へ奥へと喰い込んで行っている。昔、欅の大きな並木があったところに、立派な石造の高い塀が出来たり、瀟洒な二階屋が出来たり、此近所では見ることが出来なかった綺麗なハイカラな細君が可愛い子供を伴れて歩いていたりする。停車場へ通う路には、もとは田圃であったところに、新開の町家がつづいて出来て、毎朝役所に通う人達が洋服姿でぞろぞろと通って行く。

田山花袋は日露戦争直後の明治三十九（一九〇六）年に、牛込から代々木に移り住んでいる。十年前には「田圃」であったところに住宅がつくられ、東京の「郊外」が形成され、そこに「役所に通う人達」すなわち「サラリーマン」が住んで「都会」に通勤するという情景が描かれている。また、大正六（一九一七）年に発表された『東京の三十年』には「市区改正は既に完成され、大通の路はひろく拡げられ、電車は到るところに、その唸るような電線の音を漲らせた」（「東京の発展」）とある。

大正に入る頃から「大東京」という表現が見られるようになるが、それは従来の東京市

（十五区）と隣接する五郡（荏原郡・豊多摩郡・北豊島郡・南足立郡・南葛飾郡）と八十二町村に、北多摩郡砧村・千歳村を加えた地域を指しており、これが現在の東京二十三区の区域にあたる。それが完成されて、「東京」がはっきりとしたかたちをもった時期といってよい。大正三（一九一四）年七月二十八日には第一次世界大戦が始まり、大正七（一九一八）年十一月十一日に終結する。大正四（一九一五）年の下半期から大正九（一九二〇）年はいわゆる「大戦景気」で東京市内も、周辺地域も人口が増加していった。大正五年の時点で、例えば代々木であれば、そこは東京の「郊外」であった。それは東京の対概念となるような場所ではなく、「都会」が「膨脹」していった結果うまれた、「都会」と続いている地域であった。

　昭和十二（一九三七）年に発表された「郊外」において、永井荷風（一八七九～一九五九）は「東京府下の六郡が市に合併せられたのは、昭和七年の秋であった。市外の郡村がむかしから呼び馴らされた其名称を失えば、郊外という言葉も亦おのずから意義をなさぬことになる。郊外といい、近郊といい、近在といったような言葉は今は死語となった」と記している。「郊外」と呼ぶことができそうな地域も、時期によって異なり、ついには「郊外」

という概念が成立しなくなり、それとともに概念をあらわす語も使われなくなっていく。「レッテル」の消滅といってよい。

野溝七生子（なおこ）（一八九七〜一九八七）は昭和六（一九三一）年に『都新聞』に発表した「女獣心理」という作品の中で、モダン都市銀座と郊外の田園の中の洋館を対比的に描いている。昭和六年には郊外に洋館があった。

しかし、佐藤春夫（一八九二〜一九六四）が大正五年四月に移り住んだのは、神奈川県都筑（つづき）郡中里村大字鉄（くろがね）（現在の横浜市青葉区鉄町）であった。いうまでもなく、そこは「郊外」ではなく「田園」であった。しかし、「田園の憂鬱」の「田園」は「広い武蔵野がその南端になって尽きるところ」の「片田舎」で「実に小さな散文詩」と表現されている。大正五年は、武蔵野村に電灯がともった年でもある。「田園の憂鬱」は、やっと電灯がともったような場所を舞台として展開していき、「ランプへ灯をともそうと、マッチを擦る」場面で終わる。

彼はランプへ灯をともそうと、マッチを擦る、ぱっと、手元が明るくなった刹那に、

「おお、薔薇、汝病めり！」

彼はランプの心へマッチを持って行くことを忘れて、その声に耳を傾ける。マッチの細い軸が燃えつくすと、一旦赤い筋になって、直ぐと味気なく消え失せる。黒くなったマッチの頭が、ぽつりと畳へ落ちて行く。この家の空気は陰気になって、しめっぽくなって、腐ってしまって、ランプへも火がともらなくなったのではあるまいか。

彼は再びマッチを擦る。

「おお、薔薇、汝病めり！」

何本擦っても、何本擦っても。

「おお、薔薇、汝病めり！」

その声は一体どこから来るのだろう。天啓であろうか。予言であろうか。ともかくも、言葉が彼を追っかける。何処までも何処までも……

登場人物である「彼」は「息苦しい都会の真中にあって、柔かに優しいそれ故に平凡な自然のなかへ、溶け込んで了いたいという切願を、可なり久しい以前から持つようになって」おり、「理屈」ではなく、「都会のただ中では息が屏（つま）り、「人間の重さで圧（お）しつぶされるのを感じ」て、「田園」に脱出を試みる。しかし救いとなるはずの「平凡な自然」がやがて「憂鬱」をうみだす、とまとめてしまうと身も蓋もないかもしれない。しかし、そういう作品といってよいだろう。

「田園の憂鬱」はまず「病（や）める薔薇（そうび）」という題名で大正六（一九一七）年六月に雑誌『黒潮』に前半部分が発表された。その後完成し、大正七年九月に雑誌『中外』に「田園の憂鬱」として発表され、同年十一月刊行の短篇集『病める薔薇』（天佑社）に収録。さらに加筆修正が行なわれ、大正八（一九一九）年六月、『改作田園の憂鬱』（新潮社）として刊行された。タイトルページには「田園の憂鬱／或は病める薔薇」とある。

短篇集『病める薔薇』のタイトルページの裏には、ウイリアム・ブレイク（一七五七～一八二七）の「The Sick Rose」が掲げられている。この「The Sick Rose」はブレイクの『経験の歌（Song of Experience）』に収められているが、同詩集は暗くて苦しみに満ちた経験の世界があることを認め、現実の世界を直視した詩集ととらえられている。

「田園の憂鬱」が当初は「病める薔薇」というタイトルであったことには留意しておきた

い。それは、植物を基底にしたタイトルであったということだ。佐藤春夫には「剪られた花」という作品もある。そのことからすれば、「田園」や植物が佐藤春夫にとっては重要であったはずだ。それは「暴力的な意志」をもつ「自然」の象徴であろうか。あるいは「花」への執着であろうか。

　佐藤春夫の「秋花七種」という秋の花についての随筆、「百花村物語」という作品に「花癡」という語が使われている。『日本国語大辞典』第二版（全十三巻および別巻、平成十二～十四：二〇〇〇～二〇〇二年、小学館）はこの語を見出しにしていないが、〈花狂い〉ぐらいに理解しておけばいいだろう。現代中国語の「花痴」は〈イケメン男性に夢中になる女性〉あるいはそれをとおりこした語義で使われているようであるが、「癡・痴」はファナティックな傾きをもつ感情をあらわしているといえよう。花が好きであると蕾にも興味がわくし、芽にも美しさを感じる。赤い花の咲く薔薇の芽は赤っぽい色味で出てくるが、それを見ると、「ああこんな感じの花が咲くのだろうか」と思うし、白薔薇の芽を見ると「いい白さだ」と思う。冬に薔薇を剪定する時には、「こんなに切ってしまって大丈夫だろうか。ごめんね」と思うし、春になって、そこから新しい「シュート（枝）」がいきおいよく出てきた時には「よしよしがんばれよ」と思う。まさに「花癡」だ。植物好きの人がみな「内向的」とは当然いえないだろうが、「ご趣味は？」と問われた時に、「薔薇栽培です」といえば、「インドアなんですね」といわれるだろう。「アウトドア」「インドア」という二項対立でみれば、薔薇栽培は「インドア」になる。つまり「密室」寄りということになる。新型コロナウイルスの感染拡大で自宅にいることが多くなったために、観葉植物が売れた、という話を耳にした。「密室」を自分の好みに整えているということではないだろうか。

庭を整然とした美しい状態で保つためには「手入れ」が必要になる。「田園の憂鬱」の「田園」はまずは「都市」の対としての「田園」であろうが、その「田園」は自然ということではなく、「庭」であった。「庭」の「手入れ」は「自然」ではなくむしろ「人工」の側にある。「庭」は定期的に手入れをしなければ、美しい状態を保つことができない。手入れをしなければ「庭」は荒れてしまい、「廃園」となる。「病める薔薇」は手入れをしていたのに病んだ薔薇ではなく、手入れをしなかったために病んだ薔薇ではないか。そして「手入れをしなかった」が意図的であったとしたら、手入れをしないことで「病める薔薇」

をつくりだしたことになる。そしてそれをも「美」と呼ぶのであれば、それは「爛熟の美」にちかい。綺麗に咲き誇る薔薇もいいが、「病める薔薇」も悪くない、ということであれば、それは二つの価値を認めるということであろう。しかし、積極的に「病める薔薇」、つまり「廃園」をつくったとすれば、それは価値観の転換ということになる。廃墟に価値を見出すということは現代にもある。廃校となった小学校、使われなくなった雑居ビルなどを巡る「廃墟巡り」がそれだ。

川崎寿彦は『楽園のイングランド　パラダイスのパラダイム』（平成三：一九九一年、河出書房新社）において、「一七四〇年代はイギリスにおける廃墟趣味が高まった時期である」「廃墟は、やはり廃墟の感情を惹き起した。それは〈ゴシック〉であったろう」（七十四頁）と述べている。ゴシックはエドガー・アラン・ポー（一八〇九～一八四九）につながっていく。

　真夏の廃園は茂るがままであった。
（略）かく繁りに茂った枝と葉とを持った雑多な草木は、庭全体として言えば、丁度、狂人の鉛色な額に垂れかかった放埒な髪の毛を見るように陰鬱であった。それ等の草木は或る不可見な重量をもって、さほど広くない庭を上から圧し、その中央にある建物を周囲から遠巻きして押迫って来るようにも感じられた。

併し、凄く恐ろしい感じを彼に与えたものは、自然の持って居るこの暴力的な意志ではなかった。反って、この混乱のなかに絶え絶えになって残って居る人工の一縷の典雅であった。それは或る意志の幽霊である。あの抜目のない植木屋が、この廃園から殆んどその全部を奪い去ったとは言え、今に未だ遺されて居るもののなかにも、確に、故人の花つくりの翁の道楽を偲ばせずには置かないものが一つならず目につくのである。自然の力も、未だそれを全く匿し去ることは出来なかった。例えば、もとはこんもりと棗形に刈り込まれて居たであろうと思える白斑入りの羅漢柏である。それは門から玄関への途中にある。それから又座敷から厠を隠した山茶花がある。それの下かげの沈丁花がある。鉢をふせたような形に造った霧島躑躅の幾株かがある。

（略）

故人の遺志を、偉大なそれであるからして時には残忍にも思える自然と運命との力が、どんな風にぐんぐん破壊し去ったかを見よ。それ等の遺された木は、庭は、自然の潑剌（はつらつ）たる野蛮な力でもなく、また人工のアアティフィシャルな形式でもなかった。反って、この両様の無雑作な不統一な混合であった。そうしてそのなかには醜さというよりも寧（むし）ろ故もなく凄然たるものがあった。この家の新らしい主人は、木の影に佇（たたず）んで、この廃園の夏に見入った。さて何かに怯かされているのを感じた。瞬間的な或る恐怖がふと彼の裡に過ぎたように思う。さてそれが何であったかは彼自身でも知らない。それを捉える間もないほどそれは速かに閃き過ぎたからである。けれどもそれが不思議にも、精神的というよりも寧ろ官能的な、動物の抱くであろうような恐怖であったと思えた。

（「田園の憂鬱」）

右では「廃園」という語が使われている。「廃園」は明治四十二（一九〇九）年九月に出版された三木露風（一八八九〜一九六四）の第二詩集『廃園』のタイトルでもある。三木露風は象徴詩の作者として知られている。

先に引用した「田園の憂鬱」の「廃園」は、もともとは「若い妾（めかけ）に逃げられた」「隠居」

が「植木の道楽に没頭し」てつくったものであった。それが「隠居」の死後、「村の小学校長のものになった」。その時に「抜目のない植木屋」が「目ぼしい庭の飾り」を「皆引抜いて行った」のが荒廃の始まりであった。短い期間ではあっても、整った庭であったはずで、その「整った庭」を一方に置いた時に「廃園」という概念が成り立つ。そしてまた、「自然の潑剌たる野蛮な力」がひたすら荒廃をおしすすめているわけでもなく、「人工のアアティフィシャルな形式」が自然の秩序を乱しているわけでもない。そうした単純な荒廃ではなく、「両様の無雑作な不統一な混合」としての「廃園」であるために単に「醜さ」があるのではなく「凄然たるものがあ」り、「精神的というよりも寧ろ官能的な、動物の抱くであろうような恐怖」を感じさせるということだろう。もちろんこうした表現は書き手である佐藤春夫がつくりあげたものである。しかし、そもそも「整った庭」が手入れをしないで放置されていたために、荒廃したといったような、単純な「廃園」として、「廃園」を設定していないところ、そこに「若い妾に逃げられた」「隠居」と、「二円でも一円五十銭でも、家賃をと」ろうと考えていた「村の小学校長」をかかわらせたところに、明らかに人間が介在している「廃園」がある。

関東大震災後に芥川龍之介が『サンデー毎日』（昭和二：一九二七年一月号）に発表した「悠々荘」という小品がある。「悠々荘」と名づけられた廃墟となった「茅葺き屋根の西洋館」を描写したものであるが、この時点での、芥川龍之介の「廃墟」観をよくあらわしていると思われる。


十月の或る午後、僕等三人は話し合いながら、松の中の小みちを歩いていた。小みちにはどこにも人かげはなかった。ただ時々松の梢に鵯の声のするだけだった。

「ゴオグの死骸を載せた玉突台だね、あの上では今でも玉を突いているがね。……」

西洋から帰って来たSさんはそんなことを話して聞かせたりした。

そのうちに僕等は薄苔のついた御影石の門の前へ通りかかった。石に嵌めこんだ標札には「悠々荘」と書いてあった。が、門の奥にある家は、――茅葺き屋根の西洋館はひっそりと硝子窓を鎖していた。僕は日頃この家に愛着を持たずにはいられなかった。それは一つには家自身のいかにも瀟洒としているためだった。しかし又その外にも荒廃を極めたあたりの景色に――伸び放題伸びた庭芝や水の干上った古池に風情の多いためもない訳ではなかった。

「一つ中へはいって見るかな。」

僕は先に立って門の中へはいった。敷石を挟んだ松の下には姫路茸などもかすかに赤らんでいた。

「この別荘を持っている人も震災以来来なくなったんだね。……」

するとT君は考え深そうに玄関前の萩に目をやった後、こう僕の言葉に反対した。

「いや、去年までは来ていたんだね。去年ちゃんと刈りこまなけりゃ、この萩はこうは咲くもんじゃない。」

「しかしこの芝の上を見給え。こんなに壁土も落ちているだろう。これは君、震災の時に落ちたままになっているのに違いないよ。」

僕は実際震災のために取り返しのつかない打撃を受けた年少の実業家を想像していた。それは又木蔦のからみついたコッテエジ風の西洋館と——殊に硝子窓の前に植えた棕櫚や芭蕉の幾株かと調和しているのに違いなかった。

しかしT君は腰をかがめ、芝の上の土を拾いながら、もう一度僕の言葉に反対した。

「これは壁土の落ちたのじゃない。園芸用の腐蝕土だよ。しかも上等な腐蝕土だよ。」

僕等はいつか窓かけを下した硝子窓の前に佇んでいた。窓かけは、もちろん蠟引だった。

「家の中は見えないかね。」

僕等はそんなことを話しながら、幾つかの硝子窓を覗いて歩いた。窓かけはどれも厳重に「悠々荘」の内部を隠していた。が、丁度南に向いた硝子窓の框の上には薬壜が二本並んでいた。

「ははあ、沃度剤を使っていたな。——」

Sさんは僕等をふり返って言った。

「この別荘の主人は肺病患者だよ。」

僕等は芒の穂を出した中を「悠々荘」の後ろへ廻って見た。そこにはもう赤錆のふいた亜鉛葺の納屋が一棟あった。納屋の中にはストオヴが一つ、西洋風の机が一つ、それから頭や腕のない石膏の女人像が一つあった。殊にその女人像は一面に埃におおわれたまま、ストオヴの前に横になっていた。

自然災害に「人間がかかわっていること」が加わると、「事態」は当然複雑になる。「事態」が複雑になれば、その「事態」に起因する「気持ち・感情」も複雑になり、さまざまな「気持ち・感情」がうまれる。

筋がとおった話ならよい。しかし、話に筋がとおっていない、とおっていないように感じるということになると、「鬱屈」が複雑になる。その時に、どのような言語空間が出現するか、そういう複雑な「気持ち・感情」を言語はどう表現するのか、それはそういう複雑な「事態」をその「事態」に直面した人がどうとらえたか、という「記録」でもある。

さて、「廃園」が「田園の憂鬱」の「憂鬱」のある部分を象徴しているのであれば、その「憂鬱」は「自然」と「人工」の軋轢（あつれき）からうみだされるそれ、といったような単純な「憂鬱」ではない可能性が高くなる。そして「庭」を、「自然」を一方に置きながら、その「自然」とは境を異にして（人工的に）つくられるものだと考えれば、「自然」の中の「密室」というみかたもできる。「田園の憂鬱」は「都市の憂鬱」（という言語表現）を一方に置いた時には、「田園」と「都市」との二項対立にみえもするが、それほどすっきりとしたものではないと思われる。

「田園の憂鬱」はあからさまな題名にみえる。「田園の憂鬱」という題名をみた時に、誰しもが「田園生活における憂鬱を描いた本」と思うであろう。そういう意味合いで「あからさま」である。そして「憂鬱」は（その内実はさまざまであったとしても、一つのはっきりとした）「感情」をあらわしているといえるだろう。「カテゴリー」「レッテル」としての「憂鬱」は大正八（一九一九）年の時点では確立していた。佐藤春夫は『改作田園の憂鬱』末尾に置かれた「改作田園の憂鬱の後に」において、「私の Anatomy of Hypochondria は到底ものにはなって居ない」と述べている。そして、さらに「近く新に稿を起そうと用意している『都会の憂鬱』が、或は作者自身満足出来る程度に書かれるようなことがあった場合、その時に、それの微（かす）かな伴奏としてそれほど邪魔をすることもない姉妹篇としても、せめては役立ってくれればいいと自分は願う」と述べている。

「Anatomy of Hypochondria（ヒポコンドリアの解剖）」はロバート・バートンの『*The Anatomy of Melancholy*（憂鬱の解剖）』を思わせる。「田園の憂鬱」では一度だけ「ヒポコンデリヤ」が使われている。

　涙が出てしまうと感激は直ぐ過ぎ去った。併し、彼はまだ花の枝を手にしたまま呆然と立ちつくした。頬は涙が乾いて硬ばって居た。彼はじっと自分の心の方へ自分の目を向けた。そうして心のなかでいくつかの自分同士がする会話を、人ごとのように聞いて居た――。

「馬鹿な、俺はいい気持に詩人のように泣けて居る。花にか？　自分の空想にか？」

「ふふ。若い御隠居がこんな田舎で人間性に飢えて御座る？」

「これあ、俺はひどいヒポコンデリヤだわい」

　大正八年に二年さきだつ大正六（一九一七）年に、『中央公論』十月号に発表された「神経病時代」について、広津和郎は『神経病時代・若き日』（昭和二十六・一九五一年、岩波文庫）の「あとがき」において、次のように述べている。

私がこの小説の主人公に特に弱い性格を選んだという事には一つの理由がある。その前頃にはトルストイが流行し、最初はその精神的なストイシズムが青年を感動させていたが、その中にその精神的という点だけが残り、ストイシズムの方は何処かに消えて行ってしまうと共に、次いでベルグソンなどが流行し、創造の哲学、生命の哲学に青年は有頂天になり、個性の無限の成長の可能を人々は讃美していた。併し私はそうした知識青年達の、口では生命の無限の成長を唱えながら、その性格が事に当って実行力がなく、忍耐力がなく、甚だ頼りないものである事が感じられてならなかったのである。「神経病時代」の後に書いた「二人の不幸者」の序文で私は知識青年層のこうした弱さを「性格破産」と名づけて論じたが、つまり後年の言葉で云えば、「インテリの弱さと脆さ」というものが、その当時から私に気になってならなかったのである。「現代日本で一番憂うるべきは性格破産だ」と私は「二人の不幸者」の序文で述べたが、その生命の無限の成長とか、個性の強さとかいう事が最も盛んに人々によって唱えられていた当時の風潮に、私は多少揶揄的な気持もあって、特に弱い性格の人間を選び、時の風潮と反対のものが書いて見たかったのである。

私が「神経病時代」などという題を好んでつけたのも、そういう気持から来たもので、従ってこの小説には、そういう揶揄的意味での幾分の誇張があり、戯画化がある。

「神経病」は大正六年時点では、「揶揄的」に使うことができる「レッテル」すなわち安定した「カテゴリー」になっていた。「性格破産」は「性格」について、経済にかかわる語である「破産」によって比喩的に表現している。現在はいわゆる資本主義的な「経済」が日常生活すべてを覆っているといってよいのだろう。生物としてのヒトの、場合によっては生命にかかわるようなことと「経済」とがつねに秤にかけられている。そしてどちらかといえば、「経済」側でことがらが決まっていくように感じる。令和二（二〇二〇）年には、いろいろな場面で「経済をまわす」というような表現が頻繁に使われ、そのことが鮮明になった。

江口渙（一八八七～一九七五）は『性格破産者』（大正九：一九二〇年、新潮社）というタイトルの本を出版している。本のタイトルはすなわち「レッテル」であるが、「性格破産者」というタイトルが成り立つためには、まず「性格」という概念が成り立っていなければならない。『日本国語大辞典』第二版は見出し「せいかく（性格）」の使用例として、まず十八世紀の「通俗孝粛伝」をあげているが、「その人固有の性向、性質。感じかた、考えかた、行動のしかたなどに現われる、その人特有の性向をいう。もちまえの特質。キャラクター」という語義で使われているかどうか、いささか疑問がある。この例を保留すると、次にあげられている例は夏目漱石の「吾輩は猫である」ということになり、二十世紀の使用例になる。生物としてのヒトがそれぞれ「固有の性質」をもっているというとらえかたは、案外と新しいのではないか。現在は「キャラクター」全盛といってよい。二十年以上前に勤務していた高知大学で学生が「キャラがかぶらないようにしないと」と話しているのを聞いた時には「そういうことを意識しているのか」と心底驚いた。「かぶらないように」できるということは、固有ではなく、自身の意識で変えられるということであるので、「性格」とは異なるとみるべきであろう。

江口渙「性格破産者」にも「神経衰弱」という語が使われている。

恭一は前に居並ぶ人々の蔭（かげ）から暫時岡野の様子を眺めていたが、岡野の眼は依然として卓の雑誌に注がれるような風が見えない。矢張、茫然と頭を挙げては窓の外の凍ったような冬空を眺めたりがしがしと頭の頭垢を掻いて見たりした後で、両手を懐に入れて体をぐったりと卓に凭せかけたまま、心持頭を上に向けて何を見るともなしにぽつねんと天井の一角を見詰めている。然かも時々突然きょときょとと顔を動かしたり無闇に頭を横に振ったりする様子が可なりに酷い神経衰弱に罹っているとしか思えなかった。

（五十七頁）

岡野は瞼を十分閉じ切らずに、うっすらと開けた上に血の気の無くなった脣と脣の間から微に白い歯並をさえも見せて如何にも力のないように寝ている。そして時々思い出したように溜息ともつかないほどの大きな呼吸を洩らすのが、尚更その寝姿をみじめに見せた。殊に、何時の間にこうまで痩せて終ったのかと思われる程に、胸のあたりが薄くなって、上へかけた蒲団までが、ぺたりと低く見える様子は、殆ど死骸が寝ているのと同じような感じを与えた。その上知らぬ間にじとじとする程寝汗をかいているばかりではなく、更に時々全身にびくんびくんと烈しい激動を起すのだ。どうも好く好く軀が衰弱している上に、可なりにひどい神経衰弱に罹っているらしい。それ等の凡の様子が、側に寝ている恭一に対して堪らないほど痛々しい気持を与えた。

（七十五〜七十六頁）

ところで、「ユウウツ（憂鬱）」という語は「田園の憂鬱」の中で五回使われている。

些細な単調な出来事のコンビネエションや、パアミテエションが、毎日単調に繰り返された。それらがひと度彼の体や心の具合に結びつくと、それは悉く憂鬱な厭世的なものに化った。雨は何時まででも降りやまない。それは今日でもう幾日になるか、五日であるか、十日であるか、二週間であるか、それとも一週間であるか、彼はそれを知らない。唯もうどの日も、どの日も、区別の無い、単調な、重苦しい、長長しい幾日かであった。牢獄のなかで人はこういう幾日かを送るであろうか？　おお！　然うだ。日蔭になって、五月になっても、八月の半頃になっても青い葉一枚とてはなく、ただ茎ばかりが蔓草のように徒らによろめいて延びて居た、この家の井戸端のあの薔薇の木の生活だ。彼は再び薔薇のことを考えた。考えたばかりではない。あの日かげの薔薇の憂悶を今は生活そのものをもって考えるのである、こんな日毎の机の前に坐り込んだまま。

「犬の幽霊が野原をああして駆けまわって居たのだ。そうして、そういう霊的なものは俺にばかりしか見えないのだ……。」……憂鬱の世界、呻吟の世界、霊が彷徨する世界。俺の目はそんな世界のためにつくられたのか――憂鬱な部屋の憂鬱な窓が憂鬱な廃園の方へ見開かれて居る。彼はそんな風に考えた。俺の今生きているところは、ここはもう生の世界のうちでは無く、そうかと言って死の世界でもなくその二つの間にある或る幽冥の世界ではないか。俺は生きたままで死の世界に彷徨しているのであろうか……ダンテは肉体をつけたままで天界と地獄をめぐったと言うならば……。少くとも、少くとも俺が今立って居る処は、死滅をそれの底にしてその方へ著しく傾斜して居る坂道である……

「何時までも降りやまない」雨、それが「区別の無い、単調な、重苦しい、長長しい幾日か」となって続く。そうした「生活」が「日かげの薔薇の憂悶」と表現されている。日かげで憂悶する薔薇はまさに「病める薔薇」といってよい。

「憂鬱の世界」「呻吟の世界」「霊が彷徨する世界」が並べられている。『改作田園の憂鬱』のタイトルページの裏にはエドガー・アラン・ポーの「Eulalie」の一節が、大正七（一九一八）年九月に雑誌『中外』に発表された「田園の憂鬱」には添えられていなかった日本語訳を添えて掲げられているが、その日本語訳には「私は、呻吟の世界で／ひとりで住んで居た。／私の霊は澱み腐れた潮であった」とあり、表現が呼応している。「憂鬱な廃園」という表現も使われている。

　エドガー・アラン・ポーの作品は「ゴシック・ホラー」と位置付けられることがあるが、そのポーの作品「ランダーの別荘」「アルンハイムの地所」は佐藤春夫の「西班牙犬の家」に影響を与えていることが指摘されている。森鷗外も、ポーの「モルグ街の殺人事件」「メエルシュトレイムに呑まれて」を、「病院横町の殺人犯」「うづしほ」という題名で翻訳している。谷崎潤一郎、萩原朔太郎、芥川龍之介らがポーの影響を受けていることはこれまでにも指摘されているし、江戸川乱歩というペンネームがエドガー・アラン・ポーからとられていることはよく知られているだろう。

「俺の今生きているところは」「生の世界のうちでは無」いが、「そうかと言って死の世界でもなくその二つの間にある或る幽冥の世界」で、「俺は生きたままで死の世界に彷徨しているのであろうか」という表現からは、アンビバレントな状態が窺われる。英語「アンビバレンス（ambivalence）」、ドイツ語「アンビヴァレンツ（ambivalenz）」は〈相反する感情を同時に持ったり、相反する態度を同時に示すこと〉で、「両面価値」などと訳されることがある。相反する感情を同時にアウトプットすることはできないので、アウトプットされなかった感情は、潜在化することになり、それが鬱屈した感情となって沈澱することはあるだろう。欅坂46（現・櫻坂46）の「アンビバレント」の歌詞には「願望は二律背反」「一人になりたい　なりたくない」とある。

　さて、「死滅をそれの底にしてその方へ著しく傾斜して居る坂道」にいるのだとすれば、「死滅」「死の世界」へと滑り落ちていくような感覚をともなっている。それはおそらくは望まない方向、受け入れたくはない方向であろうが、そこにゆるやかな「動き」が感じられていることには留意しておきたい。しらずしらず、ではなく、なんとなくにしても感じられるようなゆるい「動き」によって受け入れたくはない方向にひっぱられていく、あるいは、そういう場所にゆるやかにひきずり込まれていくことが感じられた時、それは重苦しい憂悶、憂鬱と感じられると思われる。

佐藤春夫は、大正十二（一九二三）年一月に『都会の憂鬱』（新潮社）を刊行する。『改作田園の憂鬱』が出版された大正八（一九一九）年六月の時点では、『都会の憂鬱』が「作者自身満足出来る程度に」できあがったならば、その『都会の憂鬱』の「それほど邪魔をすることもない姉妹篇」として「田園の憂鬱」が「役立ってくれればいい」といささか倒錯的な表現を採っている。「倒錯的な表現」とは、「田園の憂鬱」を起点として、「田園の憂鬱」の姉妹篇として『都会の憂鬱』を書くつもりだ、と述べていないことを指す。

世界に目を向ければ、大正三（一九一四）年七月二十八日に始まった第一次世界大戦は、大正七（一九一八）年十一月十一日に終わり、大正八年にはパリ講和会議が開かれている。そのことからすれば、「田園の憂鬱」を起点として「田園の憂鬱」の側から「都会の憂鬱」を語る気分ではなかったのではないだろうか。つまり佐藤春夫は時代が確実に動いていることを実感していた。『都会の憂鬱』の冒頭ちかくには次のようにある。

それは坂の中ほどにある一軒の小さな平家で、その坂はどういう理由からであるか幽霊坂という名であった。そうしてその名に不相応でないいやな狭い坂道であった。それにこの道は行きづまりでもなく、またこの大都会の場末というわけでもないのに、社会に生きて活動している人間にとっては用事のない道であった。それ故この近所に住んでいる人ででもなかったらこんな道のあることは誰も知るまい。そんな坂道の中ほどに彼の家があった。そうしてそれは一日中日の当ることのない家であった。その代りには坂の中ほどだから、冬の空風が巻き上げる砂埃(すなぼこり)がどっさり家のなかへ這入(はい)り込んだ。あまり味気ないような気がして彼は表の戸をすっかり明けてみたことがあったが、そこからは日の光一すじ射すでもないのに、砂埃がざらざら音を立てながら障子にあたった。そこで表側の戸は全く開けないことにしたけれども、それでも戸の隙間から寒い風と一緒に砂埃が侵透して来た。そうして一日中、日の当らないこの家は、ハウスキイパアが居ないために一そううすら寒く暗く荒涼としていた。

ここまでが十二行で、あと六行続き、「どうして、この家には日があたらないのだろう?」という会話文が入って、やっと段落が変わる。長い一つの段落、仮名勝ちの文字化、そうしたものが「のっぺりとした重さ」のようなものを感じさせる。横光利一が「機械」を雑誌『改造』第十二巻第九号に発表するのは、『都会の憂鬱』の七年後の昭和五(一九三〇)年九月のことになる。

「幽霊坂という名」の「いやな狭い坂道」の「中ほど」にある「一日中日の当ることのない」「砂埃がどっさり家のなかへ這入り込」む家。庭が荒廃しているというようなことをとおりこした「都会の憂鬱」といってよい。「憂鬱」をうみだすものが、「田園の憂鬱」と『都会の憂鬱』では明らかに異なっていることがわかる。

宮地嘉六(かろく)「煤煙(ばいえん)の臭ひ」

宮地嘉六(一八八四~一九五八)の「煤煙の臭ひ」は大正七(一九一八)年、佐藤春夫の「田園の憂鬱」と並んで雑誌『中外』に掲載されている。

彼は波止場の方へふらふら歩いて行った。此の土地が最早(もう)いつまでも長くは自分を止まらせまいとしているようで、それが自分のにぶりがちな日頃の決心よりも寧ろ早く、此の土地を去らねばならぬ時機が迫って来はせぬかという、妙に心細い受け身の動揺の日がやって来たのだ。勿論(もちろん)それは彼の思い過ぎでもあった。これまでも屢々(しばしば)あったことだ。こんな気持の時は足がおのずからステーションや波止場の方へ向くのであった。ステーションへ行って思う都会の駅名を恋人の名でも読むようになつかしく眺めるのも一種の心遣りだった。波止場へ行って汽船賃をしらべて旅費の都合を考えたりすることもにえきらぬ自分の心に対する一種の示威運動であった。そこには人足達の肩を煩わしたいろいろの貨物の山、起重機で捲(ま)き揚げられた鉄材、思い思いに旅装をして汽船に乗り込む客、艀(はしけ)から上陸する人、そこには常に放浪病者を魅惑するような遠い国々の幻影が漂うていた。然し此の土地が全く面白くなくなった彼のような気持とは恐らく正反対の心持でわざわざ此の小都会に望みを抱いてやって来る者もそこにはある。或は夫婦づれの、或は独身者らしい脛(すね)一本の労働者が、青服の着流しで、手荷物を振分に背負って、ぼつぼつ桟橋から上陸して来るのを見ると、彼はちょっとまた妙な気がして考えをにぶらせるのであった。現在の自分の心の迷いを今一度圧し鎮めてよく反省して見ないわけには行かなんだ。

（略）二月の末で、港の山々にはまだ雪が消え残っていたが波はもう春らしい丸みを見せて鷹揚に揺ぎ、商船や軍艦の間を白い鷗が飛び交っていた。威勢よく空一面に漲っている焦茶色の煤煙、その下に鉄とエンジンとのどよめき渡る工場の彼方を汽船の甲板から眺めた時、彼は云いようのない心強さと讃美の気持でいっぱいだった。此の土地が自分を定住させてくれたらば、どのように幸福であろうと思うた。若し思い通りに行かぬ時の第二の目的地を予想することは此の場合に於てどれほど心細く且つ不幸であったろう。その不安は彼を心から運命に対する従順な敬虔な人間に立ち戻らせずにいなかった。（略）

彼は暫く波止場に立ちつくしていた。秋の陽は島山に落ちた。うそ寒い潮風が吹き渡って来た。それは曾て遠い過去に於て失職の果てに知らぬ旅路の海岸をさまようた時分にも出逢った風であった。若し彼が誤って一歩此の土地を離れた後の失職の憂目を予感させるような夕風であった。

森田草平「煤煙」において、「朋子」が「煙が好う御座いますね。私、煤煙の立つのを見てると、真実に好い心持なんです」と言った「煤煙」という語は、「煤煙の臭ひ」においては、「威勢よく空一面に漲っている焦茶色の煤煙、その下に鉄とエンジンとのどよき渡る工場の彼方を汽船の甲板から眺めた時、彼は云いようのない心強さと讃美の気持でいっぱいだった」と表現されている。この作品で使われている「煤煙」はこの一箇所のみである。ここでは、「煤煙」は「心強さと讃美の気持」と結びついている。「自分勝手に工場を怠け休んで此の一日を無為に遊惰に過ごした者」「勤勉ならざる者」「一日でも骨折を惜んで血税を怠る者」になってはならない、「毎日工場へ出て働きさえすれば定った賃銀が得られる現在の境遇」を「何ものにも替えがたく」思わなければならないと自らにいいきかせ、「汽笛の威嚇に打ち克とうとする」気持ちが表現されている。ここでは「憂鬱」がはっきりと「労働」すなわち「経済」と結びついている。宮地嘉六はプロレタリア文学の先駆者とみなされることが多い。

中戸川吉二『反射する心』

上林暁が「太宰、高見に先行する自意識過剰の文学」で、「いろんな事で神経がピリピリして傷つく」と評し、高見順が「新しさと古さがある」「大正時代の神経」（上林暁・高見順「対談　大正の作家・作品」『現代日本文学全集』月報八十所収、昭和三十二：一九五七年、筑摩書房）と評した中戸川吉二（一八九六～一九四二）の『反射する心』（大正九：一九二〇年、新潮社）には書名にも使われている「反射（的）」という語がしばしば使われている。

私は、全く邪気のない素直な心持で只嬉しく重見さんの寛大や深切を受けることがあった。けれども又反対に何時までもそれにこだわって重ッ苦しい気分になることもあった。私のような弱い心の持主は、相手の態度を感じて、反射的に気分を動かされて了うのでもある。

何だ生意気な、という荒々しい重見さんの気持は露骨に私の心に反射されていた。

——と、だしぬけに、お夏は起き上ったが、眼をつぶって、ギリッと歯を食い縛っている。ポカンとして、暫くの間、私はお夏の顔を視戍（みまも）っていずにいられなかった。お夏の顔の何処かから、暗示をかけられて了った男でもあるように、彼女の表情が動く度に、反射的に私も自分の神経にピリリッと衝動を感じるのを意識していたが、ふと、低い呻り声を立ててお夏が反り返ったので、吃驚（びっくり）して私は窓を放れ、寝台を飛び越えて、お夏へ抱きついた。機会（はずみ）に彼女は両手を棒のように突っ張って、抱かれまいと反抗するもののように、恐ろしい力で又反り返った。

「ハンシャ（反射）」という語は、文学作品においても、明治期からすでに使われており、夏目漱石「それから」（明治四十二：一九〇九年）にも「其仕打は父の人格を反射する丈夫（それ）丈（だけ）多く代助を不愉快にした」とある。したがって、語そのものが大正九（一九二〇）年頃に使われ始めたわけではない。しかし『反射する心』は上林暁が述べているように、「いろんな事」が気持ちを動かし、また「神経」に反射して心が傷つき、心のありかたが行動に反射する、他人の言動が自身に反射する、というようなことをいわば延々と描いた作品であり、その中核にあるのは、はっきりと意識された自身＝自意識といってよい。心のありかたは、大正九年頃には言語によってとらえられていた。

芥川龍之介の作品群

大正八（一九一九）年五月一日発行の雑誌『新潮』第三十巻第五号に「私の出遭つた事」「一、沼地」として掲載された芥川龍之介の作品に次のようなくだりがある。「沼地」は後に『影燈籠』（大正九：一九二〇年、春陽堂）に収められている。引用は『影燈籠』によった。

　或雨の降る日の午後であった。私は或絵画展覧会場の一室で、小さな油絵を一枚発見した。発見――と云うと大袈裟（おおげさ）だが、実際そう云っても差支えない程、この画だけは思い切って採光の悪い片隅に、それも恐しく貧弱な縁へはいって、忘れられたように懸かっていたのである。画は確、「沼地」とか云うので、画家は知名の人でも何でもなかった。又画そのものも、唯濁った水と、湿った土と、そうしてその土に繁茂する草木とを描いただけだから、恐らく尋常の見物からは、文字通り一顧さえも受けなかった事であろう。

その上不思議な事にこの画家は、蓊鬱たる草木を描きながら、一刷毛も緑の色を使っていない。蘆や白楊や無花果を彩るものは、どこを見ても濁った黄色である。まるで濡れた壁土のような、重苦しい黄色である。

しかしその画の中に恐しい力が潜んでいる事は、見ているに従って分って来た。殊に前景の土の如きは、そこを踏む時の足の心もちまでもまざまざと感じさせる程、それ程的確に描いてあった。踏むとぶすりと音をさせて踝が隠れるような滑な淤泥の心もちである。私はこの小さな油画の中に、鋭く自然を掴もうとしている、傷しい芸術家の姿を見出した。

私は悚然として再びこの沼地の画を凝視した。そうして再びこの小さなカンヴァスの中に、恐しい焦燥と不安とに虐まれている傷しい芸術家の姿を見出した。

私は全身に異様な戦慄を感じて、三度(みたび)この憂鬱な油画を覗(のぞ)いて見た。そこにはうす暗い空と水との間に、濡れた黄土の色をした蘆が、白楊が、無花果が、自然それ自身を見るような凄じい勢で生きている。…………

「濁った水と、湿った土と、そうしてその土に繁茂する草木とを描いた」「小さな油画」をめぐる話柄である。「私」はその画に「恐しい力が潜んでいる事」を感じる。描かれている「前景の土」は「そこを踏む時の足の心もちまでもまざまざと感じさせる」もので、「踏むとぶすりと音をさせて踝が隠れるような滑な淤泥の心もち」だった。「ぶすり」と音をさせる感じは、具体的な情景と結びつき、さらに身体感覚をも想起させている。そして「私」はそこに「恐しい焦燥と不安とに虐まれている傷しい芸術家の姿を見出した」と表現されている。この油画は「憂鬱な油画」とも表現されている。「焦燥」「不安」「憂鬱」を同列のカテゴリーとみることもできるが、最後に「憂鬱な油画」と表現しているところからすれば、「憂鬱」は「焦燥」「不安」よりも抽象度の高いカテゴリーと（少なくとも芥川龍之介は）みなしていると思われる。
「沼地」が載った『新潮』第三十巻第五号に「私の出遭つた事」の「一、蜜柑」として載った「蜜柑」は『影燈籠』においては、「沼地」の前、単行本の冒頭に置かれている。「蜜柑」は次のように始まる。

　或曇った冬の日暮である。私は横須賀発上り二等客車の隅に腰を下して、ぼんやり発車の笛を待っていた。とうに電燈のついた客車の中には、珍らしく私の外に一人も乗客はいなかった。外を覗くと、うす暗いプラットフォオムにも、今日は珍しく見送りの人影さえ跡を絶って、唯、檻に入れられた小犬が一匹、時々悲しそうに、吠え立てていた。これらはその時の私の心もちと、不思議な位似つかわしい景色だった。私の頭の中には云いようのない疲労と倦怠とが、まるで雪曇りの空のようなどんよりした影を落していた。

しかしその電燈の光に照らされた夕刊の紙面を見渡しても、やはり私の憂鬱を慰むべく、世間は余りに平凡な出来事ばかりで持ち切っていた。講和問題、新婦新郎、瀆職（とくしょく）事件、死亡広告――私は隧道（トンネル）へはいった一瞬間、汽車の走っている方向が逆になったような錯覚を感じながら、それらの索漠とした記事から記事へ殆（ほとんど）機械的に眼を通した。が、その間も勿論あの小娘が、恰（あたか）も卑俗な現実を人間にしたような面持ちで、私の前に坐っている事を絶えず意識せずにはいられなかった。この隧道の中の汽車と、この田舎者の小娘と、そうして又この平凡な記事に埋っている夕刊と、――これが象徴でなくて何であろう。不可解な、下等な、退屈な人生の象徴でなくて何であろう。

作品では、この「田舎者の小娘」が「わざわざ踏切りまで見送りに来た弟たち」に汽車の窓から蜜柑を投げる。「そこから、或得体の知れない朗（ほがらか）な心もちが湧き上って来」て、「私はこの時始めて、云いようのない疲労と倦怠とを、そうして又不可解な、下等な、退屈な人生を僅（わずか）に忘れる事が出来たのである」という一文で作品は終わる。

芥川はすべてを説明してしまっているようにみえる。「私の頭の中には云いようのない疲労と倦怠とが、まるで雪曇りの空のようなどんよりした影を落してい」る。この表現においては、「疲労」「倦怠」が感情をあらわすカテゴリーで、それを「雪曇りの空」「どんよりした影」と比喩的に説明している。そしてまた、「隧道の中の汽車」「田舎者の小娘」「平凡な記事に埋っている夕刊」が「不可解な、下等な、退屈な人生」の「象徴」であるという。

筆者は教科書でこの「蜜柑」を読んだ記憶がある。それはいつのことだったのだろうか。記憶に残ったのは、汽車の中から弟たちに蜜柑を投げる少女で、それを、明るい日の光の中の情景としてイメージしていた。しかし実際は、「暮色を帯びた町はずれの踏切り」での出来事として描かれており、「或曇った冬の日暮」のことであった。「蜜柑」は「私」の「云いようのない疲労と倦怠」「不可解な、下等な、退屈な人生」を描いた作品であり、その対極に「鮮な蜜柑の色」をして「ばらばらと空から降」る蜜柑が置かれている。その視覚的な明るさと投げられた蜜柑という運動性によって、一瞬だけ「疲労と倦怠」を忘れた、という作品とみるべきだろう。「僅に忘れる事が出来た」ということは、またそれが続くということを意味している。ここで注目しておきたいのは、筆者の迂闊（うかつ）といえば迂闊ではあるが、「対極」に眼を奪われ、「対極」が記憶に残ることもある、ということだ。「不可解な」あるいは「不条理な」、自身ではどうすることもできないような「何か」によって圧迫を受けた時、人間は明るいものを求める。それは自然なことであると同時に、逃れられない「何か」から眼をそらすということになる場合もあることは知っておいていいだろう。

「疲労」「倦怠」は芥川龍之介の晩年の作品に繰り返し使われる語である。昭和二（一九二七）年に発表された「歯車」には次のようにある。

> 日の光は僕を苦しめ出した。僕は実際鼹鼠（もぐらもち）のように窓の前へカアテンをおろし、昼間も電燈をともしたまま、せっせと前の小説をつづけて行った。それから仕事に疲れると、テエヌの英吉利文学史をひろげ、詩人たちの生涯に目を通した。彼等はいずれも不幸だった。エリザベス朝の巨人たちさえ、――一代の学者だったベン・ジョンソンさえ彼の足の親指の上に羅馬（ローマ）とカルセエヂとの軍勢の戦いを始めるのを眺めたほど神経的疲労に陥っていた。僕はこう云う彼等の不幸に残酷な悪意に充ち満ちた歓び（よろこび）

を感じずにはいられなかった。（赤光）

僕はこの小説の世界を超自然の動物に満たしていた。のみならずその動物の一匹に僕自身の肖像画を描いていた。けれども疲労は徐ろに僕の頭を曇らせはじめた。僕はとうとう机の前を離れ、ベッドの上へ仰向けになった。それから四五十分間は眠ったらしかった。しかし又誰か僕の耳にこう云う言葉を囁いたのを感じ、忽ち目を醒まして立ち上った。

「Le diable est mort」

凝灰岩の窓の外はいつか冷えびえと明けかかっていた。僕は丁度戸の前に佇み、誰もいない部屋の中を眺めまわした。すると向うの窓硝子は斑らに外気に曇った上に小さい風景を現していた。それは黄ばんだ松林の向うに海のある風景に違いなかった。僕は怯ず怯ず窓の前へ近づき、この風景を造っているものは実は庭の枯芝や池だったことを発見した。けれども僕の錯覚はいつか僕の家に対する郷愁に近いものを呼び起していた。（赤光）

やはり昭和二年十月に『改造』に発表された「或阿呆の一生」においては、「神経衰弱」「脳疲労」というように、身体的な不調として「疲労」という語が使われている。そしてその「病源」は「自身を恥じ」「彼等（社会）を恐れる」「心もち」であると述べられている。ここでは「疲労」という感情のもととなった「心もち」が言語化されている。

　彼は不眠症に襲われ出した。のみならず体力も衰えはじめた。何人かの医者は彼の病にそれぞれ二三の診断を下した。——胃酸過多、胃アトニイ、乾性肋膜炎、神経衰弱、慢性結膜炎、脳疲労、……

　しかし彼は彼自身彼の病源を承知していた。それは彼自身を恥じると共に彼等を恐れる心もちだった。彼等を、——彼の軽蔑していた社会を！

　或雪曇りに曇った午後、彼は或カッフェの隅に火のついた葉巻を啣えたまま、向うの蓄音機から流れて来る音楽に耳を傾けていた。それは彼の心もちに妙にしみ渡る音楽だった。彼はその音楽の了るのを待ち、蓄音機の前へ歩み寄ってレコオドの貼り札を検べることにした。

Magic Flute——Mozart

彼は咄嗟に了解した。十戒を破ったモッツアルトはやはり苦しんだのに違いなかった。しかしよもや彼のように、……彼は頭を垂れたまま、静かに彼の卓子へ帰って行った。

芥川龍之介の作品においては、「心もち」すなわち「気持ち・気分」とカテゴリーとしての「感情」、それらと結びつく「身体」がはっきりと言語化されていることがわかる。「親密な空間」が関東大震災によって破壊され、時代も昭和時代に入るようになって、こうした面での言語化は新たな局面を迎えたように思われる。

第三章　辞書に載せられた鬱屈した「気持ち・感情」

本章では、今から百年前の大正十（一九二一）年の、前の五年、後の十年にあたる十五（大正五：一九一六～昭和六：一九三一）年間ほどの時間幅を設定して、その時期に出版された辞書などについて観察してみることにしたい。この時期に出版されているものをあげてみよう。『ポケット顧問　や・此は便利だ』は大正三（一九一四）年、『モダン語百科辞典』およびキング文庫『新語新知識』は昭和七（一九三二）年に刊行されているが、便宜的に加えることにした。

◎『ポケット顧問　や・此は便利だ』（平凡社）大正三年、大正四年増訂二十版

◎『新らしい言葉の字引』（実業之日本社）大正七年、大正八年訂正増補二十二版

◎『袖珍新聞語辞典』（竹内書店）大正八年、大正十二年修正増補二十版

◎『大正日用新辞典』（田中宋栄堂）大正九年

◎『現代新語解説』（仏教学会）大正九年

◎『新しい主義学説の字引』（実業之日本社）大正九年、大正十年十三版
◎『デエリー新文化語辞典』（啓明社）大正十五年六月十五日、同二十日十版
◎『近代新用語辞典』（修教社書院）昭和三年一月、同年十一月六版
◎『モダン新語辞典』（浩文社）昭和六年、昭和十年七版
◎『現代術語辞典』（大阪毎日新聞社）昭和六年
◎『モダン語百科辞典』（中村書店）昭和七年三月、同七月五版
◎キング文庫『新語新知識』（大日本雄弁会講談社）昭和七年

辞書を考える枠組みを「見出し＋語釈」と設定したい。雑誌の附録として出版されるような辞書であっても、まずは「見出し」として採用されるということには注目する必要がある。新語辞典、流行語辞典であれば、「見出し」として採用された語は、新語、流行語としてともかくにも認められた語ということになる。それを「レッテル化（概念化）」とみることもできる。「語釈」によって、「レッテル化（概念化）」した語がどのように理解されていたかを窺（うかが）うことができる。「語釈」は貴重な情報といってよい。例えば、文学作品

その語の語義は、それが使われていたとして、その語が使われている文、その文を含む文章の中で推測するしかない。しかし、語義の細かい点まで、そうした「（帰納法的）推測」によってつかむことは難しい。

一方、辞書の語釈は、その辞書を編集した人物の「理解」をまとめたものであることはいうまでもないが、といってその「理解」が、その時期にはその人物だけがそう思っていた「理解」であると考えることはきわめて不自然であろう。その「理解」はその時期の言語使用者にある程度は共有されていたとみるのが自然である。そうであれば、「見出し」となっている語を説明するために置かれている「語釈」はその時期にその語がどう理解されていたかを、安定的に探るための情報として貴重なものといえよう。そしてまた、文学作品などの場合、その作品で話題になる語の範囲はつねに限られている。例えば、動物園を舞台にした文学作品には動物にかかわる語は比較的多く使われるであろうが、鉱物にかかわる語はあまり使われないであろう。あるいはワインにかかわる語が多く使われるとは考えにくい。そのように、文学作品はいうまでもなく、一般的な文章であっても、「あるまとまり」をもっている以上、その「まとまり」のありように、使用される語彙が影響される。となれば、ある時期に使われていた語彙を（比較的にしても）まんべんなくみわたすにあたっては、辞書は有効であるといえよう。
右に掲げた辞書の中では『ポケット顧問　や・此は便利だ』がもっとも古いので、まずこの辞書を採りあげ、次いで、大正七（一九一八）年に出版された『新らしい言葉の字引』を採りあげることにする。ここまで本書で採りあげてきたことにかかわる見出しが右に掲げたような辞書において、どのように説明されているかについて確認してみよう。

『ポケット顧問　や・此は便利だ』

○雰囲気（アトモスフエアー）……大気。周囲の空気。周囲の気分。

○暗示……（一）強き刺戟（しげき）。精神内部よりその刺戟に従わざるを得ざる如（ごと）く思う諷示（ふうし）力（りょく）。（二）催眠術の用語。

○簡易生活（かんいせいかつ）……複雑なる多端なる気苦労多き都市生活をすてて田園の単純なる生活に安んずるをいう。

○幻覚……心のはたらきによって、無いものをあるように見ること。熱病者や、狂者にはよくある現象。

○充実……内容の十分に充ちてある意。而（しか）も多くは自覚的精神に充たされてあるにいう。空虚に対する語。

○主観的……自分を中心として考えること。

○情調……通常、気分、気持などと同意義に用いて居る。心理学上では、快・不快の方面をいうこととなって居る。情調には、生理的原因が多分にふくまれて居る。同一の刺戟でも、情調の如何（いかん）によって、それから受取る「感じ」は様々になる。

○ヂレンマ……窮境。どちらにしてもこまる。板ばさみ。両刀論法――双方互に矛盾して一を立つれば他の一が立たぬ場合の推理をいう。

○ヒポコンデリー……憂鬱病（ゆううつびょう）。女子のヒステリーに対して、男子には主として此（こ）の語を用う。

○ヒステリー……婦人に多き一種の神経病。或（あるい）は笑い、或は泣きて感情激動し易（やす）く、全身の倦怠（けんたい）を訴うるがその一般徴候。

○ホームシック……懐郷病。家を懐う心のなやみ。正しくは、「ホームシックネス

(Homesickness)」

萩原朔太郎が『月に吠える』の「序」において、「詩の表現の目的は単に情調のための情調を表現することではない」と述べているが、右では「情調には、生理的原因が多分にふくまれて居る」と記されていることには注目しておきたい。「気分、気持」が身体と結びついている。

「田園の憂鬱」が「病める薔薇」という題名で雑誌『黒潮』に発表されたのは大正六（一九一七）年の六月で、大正七（一九一八）年九月には「田園の憂鬱」という題名で雑誌『中外』に発表される。右の見出し「簡易生活」は「複雑なる多端なる気苦労多き都市生活」と「田園の単純なる生活」が二項対立的にとらえられている。この図式は『都会の憂鬱』にはそのままあてはまる。

　右に掲げた見出し及び語釈からは、この辞書が出版された大正三（一九一四）年の頃には「精神（内部）」「心のはたらき（なやみ）」、「気分・気持ち（情調）」が意識され、同時に「身体（生理的原因・病気）」も意識されていたことが窺われる。「充実」の語釈は現代でいうところの「リア充」を思わせる。

『新らしい言葉の字引』

次に『新らしい言葉の字引』から、本書がテーマとしている、「気分・気持ち（情調）・感情」が説明文に含まれている見出しをあげてみよう。

○アトモスフィーア……雰囲気。地球又は天体を包む空気をいう。転じて或るものの周囲の空気、或るものを包んでいる気分、感じ、情調などを意味する事となった。単に周囲という意味にも用いられる。

○アンニュイ……退屈。倦怠。

○印象……心理学、哲学上には特種の意味を有する言葉であるが、（例、ヒュームの観念と印象の説）普通には感覚を通じて受けた刺激が心に印されたるをいう。時としては「感銘」「感動」と同じ意味にも用いられる。

○感覚的描写……感覚を主として描写する手法である。然し文学上の慣例としては殊に触角嗅覚又は味覚などの方面を忠実に描写する場合をいう。

○感じ……外界より或る力を受けて起る心持、又は自発的に心に起る心持。

○感情……意識内の快不快、好悪の心的印象または単に心持、おもわく。

○感傷的……英語のSentimentalの訳。感じやすく涙もろい心持。又はその傾向。

○官能……動物が生活が(ママ)営む器官のはたらきを官能という。肺臓・心臓・眼・耳・鼻・口・肌も官能である、後に転じて感覚と同義に用い感覚描写を官能描写ともいう。

○官能の交錯……近代人の病的現象の一で、殊にボドレールの様な悪魔派（其項参照）の詩人に見る変態現象である。例をあげると詩人ランボーの様に母音には色があってAEIOUは夫々(それぞれ)黒・白・赤・青・緑を現すと云(い)ったのなどは最も交錯した官能の変態を示している。

○気分……特種の感情又は情操の何とも名づけがたい心持をいう。情調・情緒の働きである。又はアトモスフィアと同義に用いて、ある一つの中心を包む感情心持をいう事がある。

○気分劇……ある観念を以て貫いたものでなく舞台の上に特殊の気分を浮動させるのを目的とした劇。メーテルリンクの作にはそれが多い。
○幻覚……感覚が鋭敏になり過ぎて病的となり、意識が常態を失って白い物が黄色に見えたり、見えもせぬものが目の前に現われたりして、精神病のような状態になる事。ヴェルレーヌの様な詩人は勉めてこういう精神の状態を歌ったものであるのみならず、益々この変調を助長させようとしてアプサン（其項参照）などを痛飲して人工的に幻覚を催すことを企てた。
○郊外……都会の外画をなす田野平原。都市直接の田舎。
○時代病……近代人の持つ懊悩（おうのう）・不安・焦燥の気分に犯される人。
○象徴……Symbol（英）かたどるという事。音を色で現したり無形物を有形物で現したり、物を人に擬えたり、人を動植物などに譬（たと）えることを指していうのである。色ならば白は純潔を、赤は情熱・革命を、青は理想・恋愛を、紫は罪悪・妖艶を現すとか、花ならば桜は淡泊を、すみれは温情・貞淑を現わすなどは矢張り此象徴である。表象、表徴というのも同じ意味である。

○象徴主義……Symbolism（英）単に客観の事象をありのままに描写したのでは、芸術品としてその生命を欠く。その事象によりて喚起された感覚・感情の奥の奥まで衝き進んでゆけば、言語に絶した幻影の如き一種の気分――情調がある。その情調を再現せんとする技巧が象徴であって、暗示・官能の交錯・音楽との抱合等、各種の技巧による表現を尊重するものを象徴主義という。

○新傾向句……明治の末葉に至って自然主義の運動が各方面に影響を及ぼしたが、その運動は因襲的保守的な俳句の上にも現われて来た。これが所謂新傾向句の新しい試みである。即ち、従来の限られた狭域を脱して、季節とか言葉の上の約束などいうものを除外し、思ったままの感情・気分・情調を端的に言い現わそうとした句である。「囚われていない」という点に、自由・奔放・清新の気が漲っている。例えば、河東碧梧桐氏の「輪に坐ってこの砂原のわられの土筆」中塚一碧氏の「深川めしの春の我が肋覚ゆる」の如き。

○職業病……職業によって起る特有の疾病、例えば、石炭工夫の肺病、仕立職の胃腸病の如きをいう。また、職業婦人にしばしば見出される生活不安状態を憂慮する一種の神経病。

○心理描写……自然描写に対する語。心理を描く事を旨とした文芸上の手法で、重に近代小説の一特色として力説されるものである。

○世紀末……フランス語の fin de siécle の訳。産業革命の行われた十八世紀以後、世智辛い世の中となって来た。加うるに人間の思想上に生活上に流れ始めた掩い被ったような、陰鬱な、いらいらした病的な現象が後から後からと現われて来て、矛盾多い生活、けばけばしい種々の色彩調子は、人々を刺激し興奮せしめ、遂にこれが為めに生じた神経病時代。無信仰・懐疑・厭世ということが含まれている。

○刹那主義……刹那々々の気分・情調を尊重し、その間の断定によって生活する主義。人間の心は、刹那々々に変化のあるものだから、一定の方針などは有り得べからざるものだという立場である。

○センティメンタリズム……Sentimentalism（英）感傷主義と訳される。近代人の神経が鋭く、感情が弱くなってからは、一寸した事にも、心がデリケートに感応する。容易に悲しみ、容易に喜び、動かされ易く泣き易く、又、深く、長く追懐哀惜する事が多い。これらの傾向をひっくるめて感傷主義という。

○ダリア……Dahlia（英）菊科の植物で近時流行の西洋花。「歌女」という意味がある。妖艶な、くどくどしい花で「紫のダリア」などは如何にも淫蕩な靡爛した感じを起させる。

○直覚……直観ともいう。経験や観察や推理の如き間接の手続を経ずして、直接に、また、直下に、思い浮べられる了解・認識である。

○デカダン生活……Decadent（仏）内的生活の苦悩・精神的の懊悩・外的の刺激・肉体的の欲望、これらの原因が結合した上に、近代人の懐疑（其項参照）の為めに自暴的となり、只現在、「今」という刹那に生き、人為的の酒肉の享楽に酔い、理想も目的もなく、自棄気味になって荒んだ生活、放縦な言行をなす生活。

○田園文学……都会を主材とした文章に対していう。「郷土芸術」参照。

○都会病……落着のない、いらいらした物質主義から築きあげられている都会に住んで、知らず識らずの中にかかる刺激も刺激と思えぬ様な一種の無感覚的病状。

○都会文学……人間の生活はそのあらゆる姿を都会に於て現わしている。従って都会生活を描写すれば、人間及び人間生活の真相を見る事が出来るとの主張によって物せられる文学。又は、単に、都会を主材とした文章。

○二重人格……表裏二様の人格。社会的には慈善家顔をする人間が家庭に於て吝嗇（りんしょく）であるというが如き例。第一義的の生活を欲求しながら、近代人が生活上、環境と調和せざるを得ないようになる、そこにも二重人格の苦しみがある。

○ヒステリー……Hysteria（英）狂性を帯びる婦人の神経衰弱症。中年の女に多い。

○ヒポコンデリー……Hypochondria（英）引込み性。憂鬱性。ヒステリーの婦人に多く見る病状である。

○ホーム・シック……Homesick（英）懐郷病。旅愁。元来此の文字は形容詞で名詞の Homesickness というのが原語である。

○放浪生活……名誉・地位の如き人爵、財産・美衣・美食の如き単なる物質、それを全然顧ずして自己の思想に生き孤独の悲哀を抱いて自然の境地を求めてさすらうこと。「浮浪生活」を見よ。

○ミリュウ……Milieu（仏）周囲。環境。もしくは雰囲気の意味。近代文学では、一つの人物又は事件に関係ある周囲のもの、即ち、境遇・遺伝・風俗・習慣などを全部ひっくるめたものとして用いている。

○ムード……Mood（英）気分。情調。

○無言劇……気分・情調・背景・添景・表情によって劇そのものに如何なる作意が潜んでいるかという事を示す劇。メーテルリンクの作品などを上場する場合に屢々試みられる。

○メランコリー……Melancholy（英）憂鬱。気鬱。

○スペイン風邪……Spanish Influenza（英）千八百九十二年、バイフェル氏発見のインフルエンザ菌の作用に基く流行性感冒で、危険性を供い肺炎を惹き起し、四十度以上の発熱四五日にして死去するものが往々ある。世界各国を通じて流行する悪性の病である処から世界風邪と云い、又大正に入ってから殊に激しいというので「大正熱」「大正風邪」とも云い、学校は休校するまでに至った処から「学校風邪」という名称さえ起った。

『ポケット顧問　や・此は便利だ』においては、「雰囲気（アトモスフエアー）」は「大気。周囲の空気。周囲の気分」と説明されていたが、『新らしい言葉の字引』においては、「或るものを包んでいる気分、感じ、情調などを意味する事となった」と記されており、「気分、感じ、情調」という語義が後から加わったことが窺われる。また見出し「気分」の語釈には「アトモスフィアと同義」とあり、「特種の感情又は情操の何とも名づけがたい心持」「情調・情緒の働き」ともある。『新らしい言葉の字引』はフランス語「ミリュウ（Milieu）」を見出しにして、「周囲。環境。もしくは雰囲気の意味」と説明している。「感情・気分・情調」は見出し「象徴主義」「新傾向句」（「ムード」「無言劇」）の語釈中にも使われている。

堀辰雄（一九〇四〜一九五三）の『菜穂子』は「楡（にれ）の家　第一部」（昭和九：一九三四年）、「楡の家　第二部」（『文學界』昭和十六：一九四一年九月号）、「菜穂子」（『中央公論』昭和十六年三月号）からなるが、「楡の家　第一部」には次のようなくだりがある。

> この頃のこんな気づまりな重苦しい空気が、みんな私から出たことなら、お兄さんやお前にはほんとうにすまないと思う。こうした鬱陶しい雰囲気がますます濃くなって

来て、何か私たちには予測できないような悲劇がもちあがろうとしているのか、それとも私たち自身もほとんど知らぬ間に私たちのまわりに起り、そして何事もなかったように過ぎ去って行った以前の悲劇の影響が、年月の立つにつれてこんなに目立って来たのであろうか、私にはよく分らない。——が、恐らくは、私たちにはっきりと気づかれずにいる何かが起りつつあるのだ。それがどんなものか分らないながら、どうやらそれらしいと感ぜられるものがある。私はこの手記でその正体らしいものを突き止めたいと思うのだ。

右では、「気づまりな重苦しい空気」という表現が「鬱陶しい雰囲気」と言い換えられており、それが「私たちにはっきりと気づかれずにいる何かが起りつつある」という予感のようなものと結びつけられている。

見出し「新傾向句」の語釈中の、河東碧梧桐の「わられ」は「われら」の誤植であろう。『日本国語大辞典』第二版の見出し「しんけいこうはいく（新傾向俳句）」には次のようにあるが、この説明よりも、『新らしい言葉の字引』の語釈はいちだんとふみ込み、具体的にみえる。これが同時代的な辞書の語釈のよさといえよう。

しんけいこうはいく〔新傾向俳句〕明治四〇年代初頭から大正初頭にかけて、「ホトトギス」を主宰する高浜虚子の伝統的・客観的な俳句に対して興った、主観的な新しい作風をめざした俳句。俳句の定型と考えられる五七五の形式を打破し、季題趣味から抜け出ようとし、終末期には定型を全く破壊し、季題を無用とする自由律俳句に変貌していった。大須賀乙字（おつじ）が初めて主張、河東碧梧桐を中心に展開し、荻原井泉水（せいせんすい）や中塚一碧楼などがこれを継承した。

新傾向俳句が「季節とか言葉の上の約束などというものを除外し、思ったままの感情・気分・情調を端的に言い現わそうとした句」であるとすれば、本書のテーマと重なり合いがある。中塚一碧楼の句集『はかぐら』（大正二：一九一三年、第一作社、左記1〜5）と、大正四（一九一五）年に、河東碧梧桐が主宰して始めた俳句雑誌『海紅』に載せられた句を集めた『海紅第二句集』（大正九：一九二〇年、海紅社、左記6〜15）から句をあげてみよう。

1　錆小刀いじる窓梨花の昼悲し
2　春の宵やわびしきものに人体図
3　烏賊に触るる指先や春行くこころ
4　蚊遣時浅沼に鳴く魚のあり
5　児の心ひたぶるに鶏頭を怖ず
6　朝から蠅むれ合える篠懸の下通りたり　直得
7　大うねりの土用浪の川口の淀みつくせり　一化子
8　湯治人が無作法なダリヤ買う事をする　碧梧桐
9　毛虫殺して笑ってる肩さきの尖り　龍雄
10　夜のモートルの前に立ち静かに夏帽抱えていたり　絹亮
11　わが身借家ずまいの蛇うたんとすなり　桂川
12　空澄み単衣の親方機嫌がわるく　晩甘

13　電燈の下の蠅取器の蠅黒く死に居し　芒人
14　鳥の古巣を焼きしついりの山にかくるる　狭青
15　糸取る者の髪赤く笑いつづけた　默濤

1では錆びた小刀、2では人体図といったきわめて具体的な「モノ」と「昼」「春の宵」といった時間帯が組み合わされ、「悲し」「わびしき」といった「気分・情調」がいわば表明されている。3では烏賊に触れるという指先の触覚と「春行くこころ」、4では「浅沼」で鳴く魚という聴覚と「蚊遣時」という時間帯の組み合わせがあからさまには言語化しにくい「気分・情調」をあらわしていると思われる。5はおそらく鶏頭のかたち、色が「児の心」に（生理的な）恐れをうみだしているのだろう。

8では「ダリヤ」が採りあげられている。斎藤茂吉『赤光』（大正二：一九一三年、東雲堂書店）の大正二年の作品を集めてあるところに置かれている「みなづき嵐」という小題の十四首中に「日を吸いてくろぐろと咲くダアリヤはわが目のもとに散らざりしかも」「かなしさは日光のもとダアリヤの紅色ふかくくろぐろと咲く」「ダアリヤは黒し笑いて去りゆける狂人は終にかえり見ずけり」と「ダリヤ（ダアリヤ）」を詠み込んだ作品が三首収められている。「ダアリヤは黒し～」は十四首目の作品であるが、その前には「たたなわる曇りの下を狂人はわらいて行けり吾を離れて」が置かれている。

「みなづき嵐」の冒頭、それに続く二首目はそれぞれ「どんよりと空は曇りて居りたれば二たび空を見ざりけるかも」「わが体にうつうつと汗にじみいて今みな月の嵐ふきたれ」で、どんよりと曇った空の下、汗がにじんできて「うつうつと」するという感覚が表現されている。そうした外界と「狂院」「狂人」、そして黒い「ダアリヤ」が詠み込まれている。やや粗いとらえかたになることを承知でいえば、そうした「情調」は1～15の作品と共通しているように感じられる。

　大正三（一九一四）年に出版された前田夕暮（一八八三～一九五一）の『生くる日に』（白日社）にも（黒い）ダリアを詠み込んだ作品が収められている。大正二年九月から十月の間の作品を収めた「沈思と外光」の冒頭には「九月狂病院を訪いて」という詞書きのもとに二十五首が置かれているが、前田夕暮は、『自叙伝体短歌選釈　素描』（昭和十五：一九四〇年、八雲書林）において、この「病院」について「医学士斎藤茂吉君が医長をしていた」「巣鴨病院である」と述べ、それに続いて「一体私は十七八歳時代可成りひどい神経衰弱に悩まされ、一二回上京してある病院で診察を受け、ある場合などは入院して徹底的に治療しようとしたことがあった」とも述べている。あるいは、そういうこともあって、巣鴨病院を訪れたのだろうか。そしてまた、前田夕暮は茂吉、さらにいえば白秋の影響を受けていることが山田吉郎『前田夕暮研究　受容と創造』（平成十三：二〇〇一年、風間書房）などによって指摘されている。前田夕暮『生くる日に』には次のような作品が収められている。

我がこころの故郷ついにいずかたぞ彼の落日よ裂けよとおもう
打ちもだし酸ゆき蜜柑を吸いにけりただわけもなく悲しかりしに
われひとりをたのみて心寂しきに野に来て真昼枯草を焼く
夕日赤しわが帰る家に気病みして君はぬるらん、あじきなき世ぞ
沈黙の黒き木立に空遠く日はてりきたり日はかげり行く
我が前に窓かけをひけ暗くひけ鬱々として物を思える

水銀の如く心は重かりき二月の夜をひとりめざめつ
黒きだりやの日光をふくみ咲くなやましさ我が憂鬱の烟る六月
しぼみゆく黒きだりやをみてありぬ我等が過去を思うかたわら
大空をながめていしにいつしかに我が憂鬱のこころかえりきぬ
唯つぐみてだりあをみるに如くはなし日光をみてあるに如くものはなし
一輪の黒きだりあぞ底暗く夜をふくめり我が前にありて
病める窓、病める夜の壁船室に似しこの部屋にともる電燈
何物をも征服なさではやまぬこころさびしや真昼だりああかしも
憂鬱の青のゆずり葉言葉なく打黙したる青のゆずり葉
青空の方に心をひたにひくこの煤烟の生けるがごとし
青空はわれのこころのまうえなりその青空に煤烟なびく

大正三年頃の「わけもなく悲し」い、「心寂し」い「気分」があらわれているといえよう。「青空」とともに使われている「煤烟」は「近代」の象徴であろう。『生くる日に』の

「表紙と挿画」は青木繁（一八八二〜一九一一）と同郷で同い年の坂本繁二郎（一八八二〜一九六九）が担当している。「腹白き巨口の魚を脊に負いて汐川口をいゆくわかもの」（一一六頁）、「大男二人してにないきたりたる大魚の長尾砂をすれるも」（一四〇頁）は青木繁が一九〇四年に制作した「海の幸」を思わせるが、一四四頁と一四五頁の間にさしこまれている挿絵は、「海の幸」の一部分と似ている。

さて、例えば、「（黒い）ダリア」をめぐって、北原白秋、斎藤茂吉、前田夕暮に「連続線」が引けるのであれば、次に掲げるような前田夕暮の作品からは、その線の延長上には寺山修司（一九三五〜一九八三）があるのではないかというような臆測をしたくなる。それは「臆測」ではあるが、そうした「臆測」は、「気分・気持ち・感情」の一般性、普遍性とかかわるとみることもできる。

寺山修司の短歌作品から感じられる「ある種の感覚」を「ポピュラリティー」と呼ぶのがふさわしいかどうか、それはわからないが、（日本の）詩的言語がその内部に蓄積してきた「情調」をわかりやすいかたちで言語化しているのだとすれば、それを「ポピュラリティー」と言い換えることはできるだろう。

腹白き一羽の小鳥木ぬれよりつぶての如く地におちにけり
手握れば小鳥の生命波打ちて小指に強くうちひびくなれ
ニスをもて我が心塗れニスをもて我がこころ塗れ、無口の男よ
断崖の上にはらばいわが生命かけて摘みける浜防風ぞ

先に『新らしい言葉の字引』の項目を引用したが、語釈をみると、「主観／客観」（印象主義）、「外面（外的）／内面（内的、精神的）」（外面描写、内面描写、デカダン生活、内的）、「直接／間接」（直覚）、「田園／都会」（田園文学、都会文学）、「社会／家庭」（二重人格）など、二項対立的なとらえかたがひろく定着してきていることが窺われる。そうしたとらえかたは、「ヂレンマ（dilemma）」や「二重生活」をうみだすことになる。二つのことがらに向き合おうとすればするほど迷いや葛藤が生じることになる。

夏目漱石は明治四十二（一九〇九）年に発表した「それから」の中で、次のように「ジレンマ」という語を使っている。「今代人（キンダイジン＝近代人）」という語とともに使わ

れていることには注目しておきたい。

> 代助は寝ながら、自分の近き未来をどうなるものだろうと考えた。こうして打遣(うちや)って置けば、是非共嫁を貰(もら)わなければならなくなる。嫁はもう今までに大分断っている。この上断れば、愛想を尽かされるか、本当に怒り出されるか、何方かになるらしい。もし愛想を尽かされて、結婚勧誘をこれ限り断念して貰えれば、それに越した事はないが、怒られるのは甚だ迷惑である。と云って、進まぬものを貰いましょうと云うのは今代人(きんだいじん)として馬鹿気ている。代助はこのジレンマの間に低徊(ていかい)した。

「神経衰弱」（ヒステリー）、「病状」「病」「神経病」（ヒポコンデリー、舞踏病、ホーム・シック、職業病、世紀末、都会病）、「近代」「近代人」（二重人格、不労生活、偏狂、変態心理、センティメンタリズム）もひろく語釈に使われており、この時期のキー・ワードといってよいだろう。また、「描写」（感覚的描写、内面描写、描写）を含む見出しもあり、「感覚」や「内面」を言語によって「描写」するということについても一定の関心がはらわれていたことがわかる。

例えば明治二十三（一八九〇）年うまれの豊島与志雄は『書かれざる作品』（昭和八：一九三三年、白水社）に収められた「意慾の窒息」という文章の中で「神経衰弱」という語を次のように使っている。

> 現代の病弊の一つに、神経衰弱がある。その神経衰弱者の最もよいタイプを、吾々はジョルジュ・デュアメルのサラヴァンに見出す。
>
> サラヴァンはまだ生きて動いている。今後彼がどういう風になるか、それは作者デュアメル以外に誰も知らない。がサラヴァンの前半生、「深夜の告白」や「新らしき邂逅」の中のサラヴァンは、神経衰弱以外の何物でもない。
>
> こういう神経衰弱は、現代に往々見受けられる。そしてそれは何から来るか。漠然とした焦燥からである。漠然とした不安からである。焦燥不安の余りの意慾の麻痺と神経の苛立ちからである。

病原は根深い。それを根治するには、漠然たる焦躁不安の原因をつきとめなければならない。

その原因は必ずしも貧困や失業にあるのではない。サラヴァンは貧困ではあるが饑えてはいなかった。そして或る日彼は、一人の少年が荷車をひきつつ書物を読んでるのを見て、羨望と羞恥とを感じたではないか。

本当の意慾を窒息さして現実から遊離した想念のうちに人を駆り立てる神経衰弱は、社会の各方面に、各種のサラヴァンを作り出している。が更に、新時代には、生活衰弱者までが吾々の眼に映る。

ただし、大正九（一九二〇）年の『現代新語解説』、大正十五（一九二六）年の『デエリー新文化語辞典』、昭和六（一九三一）年の『モダン新語辞典』においては「神経衰弱」は見出しになっておらず、「神経衰弱」という語及び概念は次第に「新味」を失っていったことが窺われる。

「官能の交錯」は現代においては「共感覚」と呼ばれ、そうした現象があることは認められている。『新らしい言葉の字引』の「幻覚」の語釈にある「感覚が鋭敏になり過ぎて病的」となって「精神病のような状態にな」って「幻覚」を見るという説明から、感覚を身体的な不調（病的・精神病）と結びつけるとらえかたが定着していたことが窺われる。「郊外」もはっきりと認識されていることがわかる。

室生犀星（むろうさいせい）の「モダン日本辞典」

『文藝春秋』などの雑誌を発行していた菊池寛は、昭和五（一九三〇）年十月に『モダン日本』を創刊した。室生犀星は昭和五年十一月号に「モダン日本辞典」と題した、見開き二頁分の辞典を装った戯文風の文章を載せている。採りあげているのは「少女の脚」「手帕」「下の方の頬」「自転車」「ダンス」「汽罐車（きかんしゃ）」「近代的憂鬱」「近代的青年」「小唄」「一九三〇年」「離婚訴訟」「催涙ピストル」「婦人帽子」「洋杖」「カンタン服」「一銭の小鳥」「アパアト」「鮎（あゆ）」「モダン」「モダン日本」「女給」「自殺」「好み」「郊外のモダン趣味」「豚と牛」「自動車」「ゴルフ」「ソーセエヂの広告」の二十八項目である。いくつかをあげておこう。

少女の脚　これは膝から下が甚だしく伸び、胴が詰って大腿部が張った。指が美しく整理されクツダコが出来た。

手帕　英国製で一枚四十五円するのが平均一週間に一枚宛売れた。こういう例はまだ日本にはなかったのだ。本郷吉澤。

下の方の頬　女学生の間にいうお臀のことらしい。帯を締める機会が尠なくなったために、宮殿的に膨脹したのだ。

自転車　最早凡ゆる紳士は自転車に乗らない。

ダンス　ダンスの流行とともに多少女性間に貞操上の犠牲が払われた。稲垣足穂氏の所説ではダンスは靴屋がその日の仕事を終ってから踊る程度で流行するのが順当だと言っている。当局はこれの風儀取締に努力したが、反対に比較的青年紳士の間に質実に流行している。将来踊らない人間は踊らない男として軽蔑される時代があるだろう。

汽罐車　田舎では茫々たる雑草がその釜の外に生えるようになった。

近代的憂鬱　これは既往に於けるキリスト教的憂鬱、詩人的憂鬱の反対のもので、鳥渡(と)顔をシカめる程度の軽快なものであるらしい。

近代的青年　決して一人の女に長々しい恋愛なぞは続けない。恋愛は移乗され代償される。質と量に於て長持ちのする美貌を選択するようになったのである。所謂(いわゆる)細さんが永い東洋的美型とされていたのが、今は余り顧られなくなった。

一九三〇年　それは断髪には後悔を、スカートには二寸伸びを教養した。断髪女は断髪しただけの理由で正当な職業を得られない例がある。真摯なカフェでは断髪女を警戒し、雇用するに体裁上躊躇(ちゅうちょ)しているらしいのだ。

アパアト　部屋を貸すところをいう。まだ家庭的に生活している者は尠ないが、将来は多数のアパアト夫婦者を算(かぞ)えるに至るであろう。

モダン　その言葉の内容に最も多くの文献をあらわしたものは、文士新居格氏ではなかったか。

モダン日本　の特徴では超特急車がある。亦人間の精神作用が内部に向って発展するよりも、寧(むし)ろ外部に向いて構えを作るようになった。「床しさ」は失われたが、「逞(たくま)しさ」が増益された。「はにかみ」が自然に必要がなくなった程女性が独自の生活面を掘りあてた。それ故表情方面の精神化は十年間に完全に整理されたと言ってよいのだ、女性にして神々の存在を思うものは殆無くなったのも、近代日本の特色であろう。
郊外のモダン趣味　表面的には大森がその最も代表的な郊外であろう。夜おそく二階家、西洋室、アトリエなどでダンスが催されていることが珍らしくない、若い婦女子を包含していることも大森が東京の郊外では一等地を抜ん出ているであろう、断髪や洋装の女の人が多い。子供も従ってハイカラな活潑らしげな服装をしている。

項目の一つである「モダン日本」は、この「モダン日本辞典」が載せられている雑誌名でもある。「表情方面の精神化」がどのようなことを指しているか不分明ではあるが、それが「十年間に完全に整理された」とある。この雑誌が刊行されたのが昭和五（一九三〇）年であるので、その十年前にあたる一九二〇年、すなわち大正九年頃からの十年間に犀星いうところの「モダン日本」が進行したことになる。
「近代的憂鬱」では「キリスト教的憂鬱」「詩人的憂鬱」を「既往」のものとし、それと「反対のもの」として「鳥渡顔をシカめる程度の軽快な」「近代的憂鬱」がある、という。

犀星の「見立て」の適不適はともかくとして、昭和五年時点では、「キリスト教的憂鬱」「詩人的憂鬱」と括ることができそうな「憂鬱」からは離れつつあったといえよう。

第四章　詩的言語にあらわれた「鬱屈」

すでに述べたように、本書は「『鬱屈』の時代をよむ」ということをテーマにしている。「よむ」対象はさまざまなテキストであるが、一般的にいうところの「詩」「短歌」「俳句」などを「詩的言語」として一つにまとめて本章で扱うことにしたい。文学研究においては、これらをひと括りにすることはむしろ少ない。しかし、松永貞徳（一五七一〜一六五四）は和歌も俳句もつくっていたし、正岡子規は和歌、俳句の革新をめざした。寺山修司、塚本邦雄も短歌と俳句いずれにも作品を残している。

筆者は、「詩的言語」は、書き手が伝えたい「情報」の伝え方が一般的な言語とは異なると考えている。そもそも伝えたい「情報」そのものの「ありかた」も一般的な言語とは異なっているだろう。「詩的言語」が伝えたい「情報」はどちらかといえば、「気持ち・感情」に傾いていると思われる。「一般的な言語」はどちらかといえば「ことがら」に傾く。

「気持ち・感情」を言語化する

第二章で、三木露風が明治四十二（一九〇九）年九月に出版した第二詩集『廃園』についてふれた。明治四十二年三月には北原白秋の『邪宗門』が易風社から出版されている。北原白秋と三木露風は後に「白露」と並び称されるようになる。三木露風の『廃園』に収められている「黄昏の単調」をあげてみよう。

黄昏の単調

晩鐘よ、白き、夏の花の散り失するごとく、
ああそのこえ森の外にきこゆ——

重き憂愁に濡れまさる黄昏どき
しとしとと、ひそびそと日は暮れゆく。
いずくにか湿める笛のひびき。
またきこゆ、家畜のうめき。

しとしとと、ひそびそと日は暮れゆく。

我眼はいま、心の奥を瞻視(みつ)む、
吐息に曇れる「想(おもい)」の底を。
単調なる灰色を。
散りのこる憂愁を。その横顔を。

右でははっきりと「憂愁」という語が使われている。文学研究においては、『廃園』を象徴詩集として認めるかどうか、あるいはこの詩集に収められている詩作品の一つ一つについて、象徴詩かどうか、ということが議論されることがある。そうしたことについて、やはり『廃園』に収められている「病院の黄昏」という作品を使って説明してみよう。

病院の黄昏

静かなる病院の
死の如きたそがれや、
その壁の、その窓の
色鈍びて外にむかえば
さとひびき夕空は
しぐれつつ歎きにくらみ
憂愁の月しろや
星もまた、かくれとざしぬ。

時にしも我れはゆく、
青びれし窓の硝子に
うちふるい、うちふるい
何ものかさぐり泣く音を。

悲しみの黒き布
ひたと垂れ閉じたる窓よ、
何しかも雲なげき
雨むせび迷(まど)いわななく。
しかはあれ、時はやし
すべてみな声をひそめて
ただ残る褐色(くりいろ)の
月の象(かた)、夜天(やてん)に痕(あと)し
青き星ひとときに
あらわれて動きもいでず。

病院の静かなる——
その壁の、その尖塔(せんとう)の
今はまた、はたひとり

立つを見よ燈火もなくて
その影ぞ冷たしや
空ろなるけはいに沈む…………

「静かなる病院の／死の如きたそがれや、」という表現は、「如き」が使われているので、「たそがれ」が「死」の比喩、しかも直喩であるという「みかた」が学校で教えられる。それを「死は黄昏だ」と表現すれば、「死」という概念を「黄昏」という語によって象徴している、とひとまずはみるということになるだろう。「黄昏」が象徴する語で、「死」が象徴される「内容」だ。「象徴される内容」を「被象徴内容」と呼ぶこともある。「象徴」という以上、「象徴されるもの＝象徴される内容」と「象徴するもの＝象徴する語」がはっきりしている必要がある。何が何で象徴されているかがわかるようになっていなければ、象徴という枠組みでとらえることはできない。特に「象徴される内容」がはっきりしない場合は、「印象」をなんとなく言語化しているとみなされ、印象詩あるいは象徴的抒情詩と呼ばれたりする。「象徴される内容がはっきりしていない」というのは、「象徴される内容」が概念化しにくい、本書の表現にあてはめれば、カテゴリーとしてとらえにくい、ということで、それは一語では言語化しにくい「気持ち・感情」ということになる。「象徴的抒情詩」は発信者の、えもいわれない、すなわち言語化しにくい、まして一語であらわすことなどできない「抒情」を言語化したもので、そういう言語化は当然「象徴」風、はっきりしない「象徴」になる。そう考えると、「象徴的抒情詩」という表現及びとらえかたには「循環」あるいは「重複」があることになる。「象徴的（な詩）」と「抒情詩」とは同一の概念ではないだろうが、場合によってはほとんど同義になる。そう考えると、「抒情詩」が詩集の題名になり始めた頃、「えもいわれない、言語化しにくい気持ち・感情」を詩的言語として言語化したい、という「気分」が濃厚になってきたとみることができる。「気分」にはいろいろな気分があるので、「抒情詩集」が言語化しようとしている「情報」にはいろいろなものがあるのは当然だろう。「廃園」という語はまずは、自然の荒廃というようなことを思わせるし、第二章でみた佐藤春夫の「田園の憂鬱」も文字通りとらえれば「田園」がもたらす「憂鬱」ということになる。しかし、「黄昏」が「単調」だと嘆くのは、「単調」ではないものが一方に意識されているからであろう。「田園の憂鬱」に「都会の憂鬱」が続いたことからわかるように、それはすぐに言語として顕在化してくる。「都会」は「近代」の象徴なのだというと唐突だろうか。

「何を書いているかではなくどのように書いているか」すなわち「言語化されている情報」ではなくて「情報の言語化のしかた」に着目するのが本書の「方法」だ。そのもっとも端的な方法としては、どのような語が使われているかに注意すればよい。「憂愁」という語が使われているのだから、「憂愁」は概念としてとにもかくにもとらえられている。「病院」と「黄昏」とが結びつけられているのだから、「病院」も、おそらくは具体的な存在を超えて、なんらかの概念としておさえられている。そのようにみると、明治四十二年にはすでに「近代」と呼び得るような状況が始まっているようにみえる。

いま病院の裏庭に、煉瓦（れんが）のもとに、
白楊のしどろもどろの香のかげに、
窓の硝子に、
まじまじと日向求むる病人（やまうど）は目も悩ましく

見ぞ夢む、暮春の空と、もののねと、
水と、においと。

（北原白秋「暮春」）

『邪宗門』に収められている「暮春」という作品の一部をあげたが、三木露風の「病院の黄昏」と通い合う。『邪宗門』において使われている語をあげてみよう。「晩春（おそはる）」（室内庭園他）、「薄暮（くれがた）」（室内庭園他）、「黄昏」（赤き僧正）、「夕暮」（WHISKY. 他）、「落日（いりひ）」（謀叛（むほん）他）のような時間帯をあらわす語は、「象徴」として使われているとみることもできるだろう。「気持ち・感情」をあらわす語としては、「鬱憂（メランコリア）」（陰影の瞳・曇日）、「恐怖（おそれ）」（赤き僧正他）、「爛壊（らんえ）」（赤き僧正・天鵝絨（びろうど）のにほひ）、「嗟嘆（なげき）」（濃霧）、「震慄（おびえ）」（濃霧他）、「不安」（曇日）、「戦慄（おののき）」（曇日他）、「沈澱（おどみ）」（濁江の空）、「幽鬱」（鈴の音・象のにほひ）、「哀愁（かなしみ）」（謀叛・吊橋のにほひ）、「泥濘（ぬかるみ）」（濃霧他）などがあり、どちらかといえば「鬱屈」というカテゴリーに含まれる語であるように思われる。「魔睡（ますい）」（赤き僧正他）、「病院」（曇日・暮春）、「患者」（曇日）、「病人」（秋のをはり・暮春）は病院を思わせる。さらに具体的な「哥囉仿謨（コロロホルム）」（濃霧・赤き花の魔睡）、「重格魯密母（じゅうクロオム）」（昨日と今日と）などもある。

『邪宗門』には「ここ過ぎて曲節の悩みのむれに、／ここ過ぎて官能の愉楽のそのに、／ここ過ぎて神経のにがき魔睡に、」という「邪宗門扉銘」が掲げられ、それに続いて「詩の生命は暗示にして単なる事象の説明には非ず。かの筆にも言語にも言い尽し難き情趣の限なき振動のうちに幽かなる心霊の欷歔をたずね、縹渺たる音楽の愉楽に憧れて自己観想の悲哀に誇る、これわが象徴の本旨に非ずや」とある。

「扉銘」において「官能の愉楽」「神経のにがき魔睡」とたかだかと謳ってはいるが、『邪宗門』に収められている作品は、具体的、身体的な「官能」を言語化するまでには至っていないようにみえる。その具体性における「ふみこみ不足」を木下杢太郎は「言葉のサラド」と表現したことがある。「言葉のサラド（word salad）」とは、精神医学用語で、統合失調症などにおいて、文法は守られているが文意が不分明な文、語を羅列しただけの文のことを指す。木下杢太郎は白秋の詩作品に「思想的連絡」（「明治末年の南蛮文学」『国文学解釈と鑑賞』昭和十七：一九四二年五月号所収）を読み取ろうとしていた。

北原白秋の『邪宗門』、三木露風の『廃園』に収められた作品からは、その頃の漠然とした「憂愁」が感じられる。それはいろいろな面で、いわゆる「近代」と深くかかわるものであったであろう。「その頃」は明治四十二年頃ということになるが、その後この「憂愁」はどうなっていったのだろうか。大正時代の大きな出来事の一つに、大正十二（一九二三）年九月一日の「関東大震災」がある。また、第一次世界大戦中に全世界で大流行した流行性感冒が、日本においては大正七（一九一八）年八月頃から流行し、大正十（一九二一）年にかけて第三波まで引き起こし、（諸説あるが）感染者は二三八〇万人、死者は三十八万人といわれる。感染者数をどうやって把握し、記録するかということが、そもそも大正期と現在とでは異なるだろう。したがって、単純に感染者数を比較することはできないが、令和四（二〇二二）年九月十五日現在でいえば、発表されている新型コロナウイルス感染者の累計は二〇四一万四七六二人で、死者の累計は四万三二一一人だ。

志賀直哉の「流行感冒と石」は大正八（一九一九）年に雑誌『白樺』（四月号）に発表されている（後に「流行感冒」と改題）。令和三（二〇二一）年四月にはＮＨＫ・ＢＳプレミアムでこの作品に基づいたドラマが放送された。

昭和十四（一九三九）年七月に雑誌『日本評論』に発表された武者小路実篤（むしゃのこうじさねあつ）（一八八五〜一九七六）の「愛と死」の冒頭には「これは二十一年前の話である」とあり、発表された昭和十四年の「二十一年前の話」という設定になっている。それは大正七年にあたる。「僕」は「巴里(パリ)にいる叔父から巴里に来たらどうかと言われ」、「半年」「西洋へゆくことにきめ」る。「その間に誰か見知らぬ者が来て夏子を奪ってゆきそうな気がした」が、「僕」は洋行する。「恐ろしいのは天災、それと病気、それだけは神様にゆるしていただくわ」と言っていた恋人の「夏子」は「村岡さん（引用者補：「僕」のこと）にお逢(あ)いしない内は私は死ねないわ」といいながら、「スペイン風邪」で死ぬ。

「新しき村」の会員で、新潮社の『武者小路実篤全集』の編纂(へんさん)を担当した中川孝(たかし)は『武者小路実篤　その人と作品の解説』（平成七：一九九五年、皆美社）において、「愛と死」は「昭和十四年の五月から六月にかけて伊豆長岡温泉の宿「共栄館」で、原稿紙と万年筆だけを持って、籠城して書きあげられたもの」（二二四頁）と述べている。小田切進は新潮文庫の『愛と死』（昭和二十七：一九五二年発行、令和二：二〇二〇年四月十日一一八刷）の「解説」において、中川孝「武者小路実篤の人と作品」という文章の引用として、武者小路実篤が「「日本評論」編集部から「二十年前の『友情』のような傑作の現代版を書いてほしい」と依頼され」たと述べているが、『武者小路実篤　その人と作品の解説』の「愛と死」

の章にはそうした文は見当たらない。

現時点では『日本評論』編集部が「『友情』のような」という依頼をしたかどうかの確認ができていないが、仮にそうだったとすれば、『友情』ではテーマとなっていなかった「死」をテーマとした作品をつくったところに、武者小路実篤の意図があったとみるのは自然であろう。出版統制ともいえそうな状況下で、そうしたものにふれることなく、「死」をテーマとし、それを「スペイン風邪」という、非人為の原因によってもたらされるものとして描いたところに注目したい。人間に死をもたらす可能性があるものとして、人間がかかわる「戦争」と人間がかかわらない「自然災害」がある。人間がかかわる「戦争」を話題にすれば、誰がどのようにかかわったか、ということが話題になりやすい。それが「摩擦」をうみだすことも考えられる。「スペイン風邪」や新型コロナウイルスの感染というような疫病を含め、大規模な震災、風水害などの「自然災害」は（人間がかかわって、その災害を増幅することがあることもわかっているが）、直接的には人間がかかわっていない、とひとまずはみることができる。「戦争」を「自然災害」に置き換えるということには、そうしたことがかかわっていると推測することができよう。

災後の詩的言語

本章では、関東大震災に注目し、その前とその後、すなわち「災後」の言語空間における詩的言語を観察してみたい。江戸から明治に時代が変わっても、明治の中に江戸は生き続けていた。次第に江戸情調が消えていったとしても、それは完全になくなるわけではなかった。しかし、関東大震災によって、都市としての東京が破壊されたことで、かたちとしての東京は変化せざるを得なくなる。そうした意味合いにおいて、関東大震災は「画期」であった。

昭和二（一九二七）年に発表された芥川龍之介「歯車」に「赤光」という章題がある。「赤光」といえば、第三章でふれた斎藤茂吉の歌集の題でもあるが、芥川龍之介は大正十三（一九二四）年三月一日に発行された『女性改造』第三巻第三号に「僻見」という連載記事の初回として「斎藤茂吉」という文章を発表している。そこには次のようにある。

斎藤茂吉を論ずるのは手軽に出来る芸当ではない。少くとも僕には余人よりも手軽に出来る芸当ではない。なぜと云えば斎藤茂吉は僕の心の一角にいつか根を下しているからである。僕は高等学校の生徒だった頃に偶然「赤光」の初版を読んだ。「赤光」は見る見る僕の前へ新らしい世界を顕出した。爾来僕は茂吉と共におたまじゃくしの命を愛し、浅茅の原のそよぎを愛し、青山墓地を愛し、三宅坂を愛し、午後の電燈の光を愛し、女の手の甲の静脈を愛した。

僕の詩歌に対する眼は誰のお世話になったのでもない。斎藤茂吉にあけて貰ったのである。もう今では十数年以前、戸山の原に近い借家の二階に「赤光」の一巻を読まなかったとすれば、僕は未だに耳木兎のように、大いなる詩歌の日の光をかい間見ることさえ出来なかったであろう。ハイネ、ヴェルレエン、ホイットマン、——そう云う紅毛の詩人の詩を手あたり次第読んだのもその頃である。

且又茂吉は詩歌に対する眼をあけてくれたばかりではない。あらゆる文芸上の形式美に対する眼をあけるる手伝いもしてくれたのである。眼を？——或は耳をとも云われぬことはない。僕はこの耳を得なかったとすれば、「無精さやかき起されし春の雨」の音にも無関心に通り過ぎたであろう。が、差当り恩になったものは眼でも耳でも差支えない。兎に角僕は現在でもこの眼に万葉集を見ているのである。この眼に猿蓑を見ているのである。この眼に「赤光」や「あら玉」を、——もし正直に云い放せば、この眼に「赤光」や「あら玉」の中の幾首かの悪歌をも見ているのである。

僕は上にこう述べた。「近代の日本の文芸は横に西洋を模倣しながら、竪には日本の土に根ざした独自性の表現に志している。」僕は又上にこう述べた。「茂吉はこの竪横の両面を最高度に具えた歌人である。」茂吉よりも秀歌の多い歌人も広い天下にはあることであろう。しかし「赤光」の作者のように、近代の日本の文芸に対する、——少くとも僕の命を托した同時代の日本の文芸に対する象徴的な地位に立った歌人の一人もいないことは確かである。歌人？——何も歌人に限ったことではない。二三の例外を除きさえすれば、あらゆる芸術の士の中にも、茂吉ほど時代を象徴したものは一人もいなかったと云わなければならぬ。これは単に大歌人たるよりも、もう少し壮大なる何ものかである。もう少し広い人生を震蕩(しんとう)するに足る何ものかである。僕の茂吉を好んだのも畢竟(ひっきょう)この故(ゆえ)ではなかったのであろうか?

芥川龍之介の斎藤茂吉に対する評価はきわめて高い。

斎藤茂吉の『赤光』は大正二(一九一三)年十月十五日に東雲堂書店から刊行されている。「巻末に」には「明治三十八年より大正二年に至る足かけ九年間の作八百三十三首を以て此一巻を編んだ」とあるが、実際には八三四首が収められている。大正十(一九二一)年十一月一日には「改選版」が出版され、大正十四(一九二五)年八月十五日には春陽堂から「改選三版」が出版されている。

めん雞(どり)ら砂あび居たれひっそりと剃刀研人(かみそりとぎ)は過ぎ行きにけり
ダアリヤは黒し笑いて去りゆける狂人は終(つい)にかえり見ずけり
ゴオガンの自画像みればみちのくに山蠶(やまこ)殺ししその日おもほゆ
ものみなの饐(す)ゆるがごとき空恋いて鳴かねばならぬ蟬(せみ)のこえ聞ゆ

屈(かが)まりて脳の切片を染めながら通草(あけび)のはなをおもうなりけり
赤茄子(あかなす)の腐れていたるところより幾程もなき歩みなりけり
紅蕈(べにたけ)の雨にぬれゆくあわれさを人に知らえず見つつ来にけり
蜩(ひぐらし)のかなかなかなと鳴きゆけば吾(われ)のこころのほそりたりけれ

岡井隆、寺山修司とともに「前衛短歌」ということばによって語られることの多い塚本邦雄（一九二〇～二〇〇五）は斎藤茂吉の歌をよむことにエネルギーを傾注し、文藝春秋から『茂吉秀歌『赤光』百首』（昭和五十二：一九七七年）、『茂吉秀歌『あらたま』百首』（昭和五十三：一九七八年）、『茂吉秀歌『つゆじも』『遠遊』『遍歴』『ともしび』『たかはら』『連山』『石泉』百首』（昭和五十六：一九八一年）、『茂吉秀歌『白桃』『暁紅』『寒雲』『のぼり路』百首』（昭和六十：一九八五年）、『茂吉秀歌『霜』『小園』『白き山』『つきかげ』百首』（昭和六十二：一九八七年）を出版している。

「めん雞ら～」について塚本邦雄は『茂吉秀歌『赤光』百首』において「奇異な題材を扱った不敵な構成の作品として、不気味な静寂と緊迫感を秘めた歌として、注目を浴びた」

（四十五頁）と述べている。これはこの作品がどのように受けとめられたか、ということであるが、塚本邦雄自身は次のように述べている。

> この白昼夢めく空間と時間は、そこに配慮された生物は、明らかに近代の、智慧の力によって生まれたものだ。白昼夢、作者は昼とはことわっていない。「七月二十三日」という無愛想で無神経なタイトルを勘定に入れねば、真夏であることも判りはしない。しかし、この情景は、真夏真昼の、人人も死に絶えたような一刻、まさにめくるめく逢魔が時であらねばならぬ。「ひっそりと」は無論「剃刀研人」の挙動にかかるのだが、視る人、彼をも容れたこの小世界は烈日に照らされ、ものみな漆黒の影を曳き、じっと息をひそめている。白秋風に言うなら、子等は人さらいを懼れ、大人たちは疫病の予感に戦く。牝雞の砂浴びという些細な動作、それによって生ずるひそかな物音が、却って不気味な静寂をクローズアップする。その仮眠と覚醒のあわいを剃刀研人は足音も立てずに過ぎて行く。
>
> （四十六～四十七頁）

塚本邦雄の「よみ」に全面的に同調するということではない。「七月二十三日」というタイトルについて、塚本邦雄はいわば自信たっぷりに「無愛想で無神経なタイトル」だという。しかし、そんなこともわからない人物がこうした作品をつくる、というのだろうか、と思う。「七月二十三日」という小題のもとには、「めん雞ら〜」から始まる次の五首がまとめられている。

1　めん雞ら砂あび居たれひっそりと剃刀研人は過ぎ行きにけり
2　夏休日（なつやすみ）われもらいて十日まり汗をながしてなまけていたり
3　たたかいは上海（シャンハイ）に起り居たりけり鳳仙花（ほうせんか）紅（あか）く散りいたりけり
4　十日なまけきょう来て見れば受持の狂人ひとり死に行きて居し
5　鳳仙花かたまりて散るひるさがりつくづくとわれ帰りけるかも

2と4が（おそらく）内容的に重なり合いをもち、3と5とが「鳳仙花」という語によって重なり合いをもっていることは明らかだ。それを例えば、2・4、3・5というように続けるのではなく、離して配置し、先頭に2・4、3・5いずれにも（表面的には）重ならない「めん雞ら～」を置いたことは明らかではないだろうか。2・4は青山脳病院に勤める斎藤茂吉を思わせる。3の「上海」は袁世凱（えんせいがい）に対する反袁闘争（第二革命）を指しているると考えられているが、七月二十三日に上海討袁軍総司令陳其美（ちんきび）による江南機器製造総局攻撃が始まっている。小題はおそらくそれにかかわる。そうであれば、海彼の上海では動乱があり、そういう日に日本では鳳仙花が散っている。自身は十日仕事を休み、その間に「受持の狂人ひとり」が亡くなった。それぞれを「社会」と「自己」とまとめてしまうのはいかにも粗いが、仮にそうとらえると、その「社会」と「自己」のいずれにもかかわらない、すなわちそうしたことを超越しているのが1であり、それらの不安定なバランスを塚本邦雄は「不気味な静寂と緊迫感」と表現しているのではないだろうか。斎藤茂吉の短歌作品一首から当該時期全体の雰囲気を読み取ることなどできない。しかし、また「全体の雰囲気」を読み取ることができないとしても、部分があらわれているとみることはできなくはない。

萩原朔太郎『月に吠える』　郷愁から生理的の恐怖感、そして苦悩へ

萩原朔太郎は、北原白秋が主宰する雑誌『朱欒』の大正二（一九一三）年五月号に「みちゆき」（後に『純情小曲集』に収めるにあたっては「夜汽車」と改題）他五篇を発表して、中央詩壇にいわばデビューするが、以後の一年余りの間につくった文語自由詩作品は『月に吠える』には収めず、大正十四（一九二五）年に出版した『純情小曲集』に「愛憐詩篇」として収める。つまり、『純情小曲集』の出版は大正十四年であるが、そこに収められた作品は、「いまから十三四年前に始めてわたしが萩原の詩をよんだときの」（室生犀星「珍らしいものをかくしてゐる人への序文」）ものが中心になっており、それらの作品について「いいフィルムを見たときにつうんとくる涙っぽい種類の快よさ」（同前）をもっと犀星はみている。この『純情小曲集』には「北原白秋氏に捧ぐ」とある。

『純情小曲集』には「郷土望景詩」と題された十篇が収められている。この作品について朔太郎は同書の「自序」で「比較的に最近の作である」と述べ、「この詩風に文語体を試みたのは、いささか心に激するところがあって、語調の烈しきを欲したのと、一にはそれが、詠嘆的の純情詩であったからである」と述べている。『純情小曲集』には萩原恭次郎

による「跋」があるが、そこには次のように述べられている。

今度の「郷土望景詩集」の原稿を拝見した時、その多くが余りにも、激越的な忍耐強い人のよくする怒りが、綴られているのに驚いた。其時、氏と散歩して来た、非感覚的な桜の花が咲きみだれていた前橋公園や、かつて「雲雀の巣」に歌われた堤防附近や、その他抒情的風景の多くが、氏にとって内心の悪舌を吐きかける所となっているのに驚いたのであった。内心の悪舌は即ち内心の泣訴である。

「月に吠える」や「青猫」によって氏を洞見していた読者は、如何にこの詩集によって驚異するであろう。以上の詩集によって知らるる氏は、強い厭世思想者であり、神秘的な詩人である。この眼をつぶった、歯を食いしばった怒りを知らない。この現実的な苦悶を知らない。

最近の氏には、今までにない内攻する苦悶が見える。田舎に住む事以外に、多様の堪え難い行き詰りがあるらしい。殊に何物かの甚だしい行き詰りがあるらしい。この詩集はそれへの一つの暗示であるように思う。

萩原恭次郎は「郷土望景詩」を「内心の悪舌」とみる。しかし、朔太郎は「語調の烈し」いことは認めながらも、「詠嘆的の純情詩」という点では、「愛憐詩篇」と「郷土望景詩」とを一つに括り、一つの詩集に収めた。本節の副題を「郷愁から生理的の恐怖感、そして苦悩へ」とした。「愛憐詩篇」に濃厚にあらわれている「郷愁」、『月に吠える』にあらわれている「生理的の恐怖感」、そして「郷土望景詩」にあらわれている「苦悩」である。「郷愁」「生理的の恐怖感」「苦悩」はそれぞれを一つの「レッテル」とみるのであれば、「レッテル」の推移、変化ということになり、朔太郎の「気持ち・感情」という大きな（抽象的な）枠組みの中でそれをとらえるならば、変質ということになるのではないか。

昭和五十六（一九八一）年の時点で、前橋市立図書館には萩原朔太郎が撮影した写真原板が九十六枚（ガラス乾板七十五枚、フィルムネガ七枚、その他十四枚）蔵されていた。「撮影年代、撮影場所についてはまったく資料がな」（野口武久「解説」、萩原朔太郎研究会編『萩原朔太郎撮影写真集』昭和五十六年、上毛新聞社）いものの、「解説」は『萩原朔太郎撮影写真集』に掲載された七十四枚のうち明治時代のものが七枚、大正時代のものが二十五枚、昭和時代のものが八枚、三十四枚は不明としている。そのことからすれば、明治末期から大正時代、昭和初期にかけて、朔太郎は写真を撮影していたことになる。朔太郎は昭和十四（一九三九）年十月に発行された『アサヒカメラ』に「僕の写真機」という文章を載せ、次のように述べている。

元来、僕が写真機を持っているのは、記録写真のメモリイを作る為（ため）でもなく、また所謂（いわゆる）芸術写真を写す為でもない。一言にして尽せば、僕はその器械の光学的な作用をかりて、自然の風物の中に反映されてる、自分の心の郷愁が写したいのだ。僕の心の中には、昔から一種の郷愁が巣を食ってる。それは俳句の所謂「侘（わ）びしおり」のようなものでもあるし、幼ない日に聴いた母の子守唄のようでもあるし、無限へのロマンチックな思慕でもあるし、もっとやるせない心の哀切な歌でもある。そしてかかる僕の郷愁を写すためには、ステレオの立体写真にまさるものがないのである。

朔太郎の「気持ち・感情」をアウトプットする手段の一つが「言語化」、特に詩的言語としての「言語化」であろう。写真を撮影するという行為は、自身の外にあるものを撮るという点においては、自身の内にある「気持ち・感情」をアウトプットするということにはならないけれども、その自身の内にある「気持ち・感情」が（おそらくは無意識的に）選んだ「自身の外にあるもの」には、自身の内にある「気持ち・感情」がなんらかのかたちで写しだされていることになる。朔太郎は「僕の郷愁を写すために」写真を撮った。『月に吠える』に収められている「肖像」には、次のようにある。

あいつはいつも歪（ゆが）んだ顔をして、
窓のそばに突っ立っている、
白いさくらが咲く頃になると、
あいつはまた地面の底から、
むぐらもちのように這（は）い出してくる、
じっと足音をぬすみながら、

あいつが窓にしのびこんだところで、
おれは早取写真にうつした。

ぼんやりした光線のかげで、
白っぽけた乾板をすかして見たら、
なにかの影のように薄く写っていた。
おれのくびから上だけが、
おいらん草のようにふるえていた。

また『廊下と室房』（昭和十一：一九三六年、第一書房）に収められている「自分の映像を見て」においては次のように述べている。

人はしばしば、自分の姿をイメージの鏡に映して、自ら不思議に幻想することがあるものである。僕も時々自分の姿を、夢幻の空中に幻覚して見ることがある。そうし

> たイメージの僕の姿は、時としては鳥のように見え、時としては爬虫類のように見える。鳥のように見える時は、自分の気持ちが高翔して、心の翼がひろがっている時であり、爬虫類のように見える時は、心が憂鬱に重く沈んで、地面を這い廻ってる時である。（略）
>
> 一体人間の肉体というものは、精神をすっかり反射的に表象するものらしく、僕の外貌に現れてる形象は、たいてい僕の精神生活と一致して居る。僕は文学上に於て、多く抒情詩とエッセイとを書いて居るが、詩の方では生理生活を主として歌い、エッセイの方では心理生活を書いて来た。エッセイや論文を書く時、僕の心は高く高翔して飛んで居るし、「青猫」や「月に吠える」などの詩を書く時は、肉体的に憂鬱を感じて沈潜して居る。そこでつまり、僕の心理生活が鳥に現われ、僕の生理生活が爬虫類に現われるというわけなのだろう。

「自分の姿」を自分の外にある鏡に映すのではなく、自分の内部の「イメージの鏡」に映す。本書のために使っている筆者のモデルは人の「内部」と「外部」を単純に分けているが、朔太郎の「内部」には「鏡」がある。ということは、「内部」はさらに「小部屋」に分かれているということになる。また、「自分の姿」を「幻想する」「夢幻の空中に幻覚して見る」とは、「夢想する」ということと重なるであろうが、「内部への投影」を強く意識していることが窺われる。「外貌に現れてる形象」が「精神生活と一致して」いるという「感覚」は「内部」がアウトプットされる、という感覚であろう。朔太郎の「気持ち・感情」は自身の外でかたちをもったり、自身の内でかたちをもったりしているようにみえる。

朔太郎の娘である萩原葉子の息、萩原朔美は、『萩原朔太郎写真作品　のすたるぢや』（平成六：一九九四年、新潮社）に収められている「四角い遊具の寂しさ」というタイトルの文章において次のように述べている。

> それにしても、紙焼きもガラス乾板も立体写真も、みんななんという寂しい風景ばかりを定着させているのだろうか。寂しい風景ばかりを選んだというよりも、そのような風景に撮らされている一人の男が浮かんでくるのである。思わず撮らされてしまう。無自覚のうちに、ファインダーが他の風景を切り捨てて、ただ一種類の風景と向

き合う。その内面と風景とが感応する場所にレンズが介在しているのだ。始めからこのような風景を撮ろうとしたのではない。言葉は外にある。書いた時にその言葉によって内面が顕在化する。写真も同様だ。像として外に現出した時初めて自分の中の寂しさがイメージとして平面に翻訳されたことを実感するのである。（九十三頁）

大正三（一九一四）年の後半から大正四（一九一五）年の初頭にかけての「竹とその哀傷」の作品群を『月に吠える』に収める。これは萩原朔太郎という一人の人物における「動き」であるが、それはそのまま当該時期の「動き」であったとみることができるだろう。昭和十一（一九三六）年に出版した『定本青猫』の「自序」中で、萩原朔太郎は「処女詩集「月に吠える」は、純粋にイマジスチックのヴィションに詩境し、これに或る生理的の恐怖感を本質した」と述べている。

先に述べたように、発信者の内部にある言語化しにくい「気持ち・感情」を言語化するにあたって、「◎◎のように」と言語化すればそれは「比喩」ということになる。「気持ち・感情」にいったん「恐怖」というレッテルをはり、それを例えば「剃刀」という語で言語化するのであれば、それは「象徴」ということになる。いずれにしても、なんらかの「レッテル」によっていたにしても「回収」しており、「回収」している点において、わかりやすい。しかし「レッテル」による「回収」はわかりやすいだけに粗いともいえるし、抽象的であるともいえる。

　文学研究の立場からいえば、詩という文学形態が、「気持ち・感情」の言語化に関して、右のような「到達」をみせた、ということになるだろう。筆者の立場からいえば、日本語をそのように使うことができるようになった、ということだ。言語によってかたちを与えることができる「情報」が飛躍的に多くなったといってもよい。朔太郎は「気持ち・感情」を言語化するということをはっきりと意識していた。

山村暮鳥『聖三稜玻璃』で使われている語

　山村暮鳥（一八八四～一九二四）の『聖三稜玻璃』（にんぎょ詩社）は『月に吠える』に先立ち、大正四（一九一五）年に出版されている。『聖三稜玻璃』に収められている作品としては、「いちめんのなのはな」が繰り返される「風景」が知られているかもしれない。ここでは、『聖三稜玻璃』においてどのような語がどのように使われているか、ということを検証してみよう。『聖三稜玻璃』には二つの相反する「傾向」がみられる。「聖三稜玻璃」は「セイサンリョウハリ」に漢字をあてたものと一般的には考えられているが、詩集冒頭に置かれた、室生犀星の文章には「聖ぷりずみすとに与ふ」という題が附されている。また『秀才文壇』第十五巻第十号（大正四年十月）に山村暮鳥自身が「「聖プリズム」もいよいよ出る」と述べていることが白神正晴によって指摘されている。さらには、『卓上噴水』第三集（大正四年五月）に、山村暮鳥は「劃線（かくせん）」という作品を載せているが、そこでは「三稜玻璃者」に「プリヅミスト」という振仮名が施されている。そのことからすれば、「聖三稜玻璃」は「セイプリズム」に漢字をあてたものとみるのが妥当であろう。藤原定は『現代詩鑑賞講座第4巻　生と生命のうた』（昭和四十四：一九六九年、角川書店）の「聖三稜玻璃」の解説において、「最初は詩集名を「聖ぷりずむ」とする予定であったのを漢語に変えたのであるが、いずれにしても詩集名そのものが当時の前衛絵画、ピカソやブラックの分析的キュービスムを連想させせるに十分であるし、またそういう詩法を表明したものといえる」と述べている。

詩集冒頭に置かれた「囈語（げいご）」という題名の作品をあげてみる。

囈語

窃盗金魚
強盗喇叭
恐喝胡弓
賭博ねこ
詐欺更紗
瀆職天鵞絨（びろうど）
姦淫林檎
傷害雲雀（ひばり）
殺人ちゅりっぷ
堕胎陰影
騒擾ゆき

放火まるめろ
誘拐かすてえら。

「ゲイゴ（囈語）」は「ねごと。うわごと。転じて、とりとめのない世迷いごと。囈言」（『日本国語大辞典』第二版見出し「げいご」）という語義の漢語。和語「ネゴト」「ウワゴト」を文字化するにあたって使われることもあるが、詩そのものは「窃盗」以下十三の犯罪名を前部成素としている複合語を並べており、これらの犯罪名は漢語とみるのが自然であろう。そのことからすれば、タイトルの「囈語」も漢語「ゲイゴ」を意図しているとみてよいだろう。伊藤信吉は『現代詩の鑑賞』上巻（昭和二十七：一九五二年、新潮文庫）において、この作品について、「どの単語も、作者の恣意的な連想によって組立てられた作品である。これは連想の技巧と次々の変化をとおして、作者の観念を表現したものである」（二〇九頁）と述べている。「恣意的な連想」ととらえるのであれば、なぜ複合語の前部成素には犯罪名が並んでいるのであろうか。それは意図的な選択ではないのだろうか。山村暮鳥の『十字架』（大正十一：一九二二年、聖書文学会）には「不義詐欺窃盗姦通堕胎闘争自殺、こんなことは都会におけるよりももっと、農村でのそれはもう平凡でありふれた家常茶飯事であります」というくだりが見られるが、いくつかの語は「囈語」と重なり合いがあり、こうした語が暮鳥の「心的辞書」には蓄えられ、すぐにとりだせるような状態であったことが窺われる。

そして、「連想」ととらえるのであれば、どの語からどの語が連想されていると伊藤信吉は推測しているのか。あるいは「連想の技巧と次々の変化」とは何か。そしてまた「作者の観念を表現した」ものがこの作品であるとするならば、「作者の観念」とはどういうものなのだろうか。こうした点について、明瞭に述べられていないところに、詩的言語理解の難しさがある。そして、詩的言語を語るための「メタ言語」は獲得されていないといわざるを得ない。特に、「作者の観念」が言語化されたものが詩作品だと述べるのであれば、詩作品そのものではない「作者の観念」を詩作品とは別なかたちで言語化しなければならない。詩作品をもって「これが作者の観念だ」とみなすのであれば、結局は言語化されているものは一つしかない。もちろん詩作品としてアウトプットされている「作者の観念」がどのようなものであるのかを探り、言語化することは難しい。難しいというよりも、ほとんど不可能であるかもしれない。しかし、「ほとんど不可能であるかもしれない」と認識するのであれば、その認識は尊いし、むしろその「ほとんど不可能」を起点にして、言語化の道を探るということでいいと考える。そうした認識なしに、一般的な伝達言語としてよもうとした場合に、「よめない」作品については「作者の観念」をあらわしているのだと述べるのであれば、いつまでも詩的言語を語るための「メタ言語」は獲得できないのではないか。

暮鳥には「沈思と榲桲（まるめろ）」という作品がある。この作品には「榲桲の黄（きいろ）な吐息よ」とある。複合語の後部成素には、そのように、暮鳥の詩の題名として使われている語も含まれている。しかし、そもそもが「囈語」であるとすれば、なぜ「賭博」と「ねこ」とが結びつくのかということを考えることにはさほど意義はないと考える。「とりとめのない世迷いごと」は「意味」を剝奪されているとみるのが自然であろう。

暮鳥には、漢字を一切使わずに文字化している作品が複数ある。表意系文字である漢字を意図的に使わないことによって「意味」から離れるという意図があると推測できる。

山室静は「山村暮鳥・人と作品」（『日本詩人全集13　木下杢太郎　山村暮鳥　日夏耿之介』

所収、昭和四十三：一九六八年、新潮社）において（山村暮鳥が）「白秋からどれだけ多くを学んだとしても、白秋に於ては多分に言葉の遊戯であったものを、暮鳥が意識的に方法化し、そのことによって斬新独自な新体を打出したことと、中には単なる感覚のモザイクに終った作もあるにしても、このような抽象化極端化の過程において、自己のより深い内的欲求を目ざまされ、右に引いた「岬」の詩におけるように、純一なる生命を求める苦悩と、神への祈念のごときものをそこに托しえたことは、まぎれもない暮鳥の功績であった。／そしておそらくはこの内的欲求への目ざめが、『聖三稜玻璃』にまだ濃かった人おどかしのポーズをかなぐり捨てさせ、赤裸に人間性の真実に迫ろうとした時、そこに詩風は再転して『風は草木にささやいた』『梢の巣にて』の世界が成立する」（一二二頁）と述べている。

白秋においては「言葉の遊戯」で、暮鳥がそれを「意識的に方法化」して「独自な新体」をうちだしたが、暮鳥の作品の中にも「単なる感覚のモザイクに終った」ものもあるというのは、いうまでもなく、山室静の「みかた」である。白秋における「言葉の遊戯」は木下杢太郎いうところの「言葉のサラド」で、それは結局は「意味・思想からの乖離(かいり)」ということになる。その点においては、暮鳥も変わらないとみることもできる。筆者がいうところの「レッテル」を多用すれば、それは「言葉の遊戯」にみえるはずで、作品が「独自な新体」となっているか「感覚のモザイク」に終わっているか、という「判断」は難しいであろう。

『聖三稜玻璃』には「騒擾《さわぎ》」（曲線）、「水銀歇私的利亜《ヒステリア》」（だんす）、「癲癇《てんかん》三角形」「薔薇《ばら》」「痙攣《けいれん》」（図案）、「憂鬱」「眩暈《めまい》」（妄語）、「神経」「靡爛《びらん》」「淫慾《いんよく》」「低語《ささや》き」「映画《フィルム》」「妖魔」「蠱惑《こわく》」「泥溝《どぶ》」「黎明《れいめい》」「欲望」「歓楽」「刹那」「無限」「憂愁」「淫卑」「残忍」「狂乱」（A FUTUR）、「噴水」（楽園）、「聖霊」「卓上」（肉）、「触手」（誘惑）といった語が使われている。これらの語のもつ強い「語性・イメージ」は、その「語性・イメージ」の過剰性によって、受信者の目をくらませ、意味を乱すとみることができる。

詩作品を構成している個々の語、あるいは詩作品全体から「意味」を剝奪するということをわかりやすく言い換えれば、故意にわからない（わかりにくい）作品をつくるということになる。「意味」を剝奪しているのだから「わからない（わかりにくい）」のは当然だということになる。朔太郎の詩作品は、表面上はどうみえたとしても、説明をしようとしていることは疑いがない。説明をしようとしている、自身の「気持ち・感情」が複雑であるために、その「説明」がわかりにくいということであろう。そして、朔太郎の「気持ち・感情」は自身の「身体性」「生命」にねざすものであったと思われる。「レッテル」の多くは漢語、あるいは外来語であり、あるいは「騒擾」「眩暈」のように、和語に漢語漢字列をあてたものであった。これは上田敏、北原白秋の「到達」でもあった。しかし、「サワギ」「メマイ」という和語を文字化するにあたって、「騒ぎ」「目まい」というように和訓を軸としたごくありふれた文字化を選択しないということは、そこに表記上の過剰を求めているということでもある。朔太郎はそうした「レッテル」を避け、口語の日本語で説明することを選択した。朔太郎が「口語の日本語」を選択したのは、説明しにくいものを説明しようという意図があったためと推測する。その根底には自身の身体にねざす「気持ち・感情」があった。そして、生物としての自身の「身体」もそこにねざす「気持ち・感情」は生物である以上「きれいごと」ではかたづけられないものであったと思われる。そうしたことが、朔太郎を「人道主義」からも遠ざけた。

『月に吠える』から「ばくてりやの世界」をあげてみよう。

ばくてりやの世界

ばくてりやの足、
ばくてりやの口、
ばくてりやの耳、
ばくてりやの鼻、

ばくてりやがおよいでいる。

あるものは人物の胎内に、
あるものは貝るいの内臓に、
あるものは玉葱（たまねぎ）の球心に、
あるものは風景の中心に。

ばくてりやがおよいでいる。

ばくてりやの手は左右十文字に生え、
手のつまさきが根のようにわかれ、
そこからするどい爪が生え、
毛細血管の類はべたいちめんにひろがっている。

ばくてりやがおよいでいる。

ばくてりやが生活するところには、
病人の皮膚をすかすように、
べにいろの光線がうすくさしこんで、
その部分だけほんのりとしてみえ、
じつに、じつに、かなしみたえがたく見える。

ばくてりやがおよいでいる。

この作品は『日本近代文学大系37　萩原朔太郎集』（昭和四十六：一九七一年、角川書店）にも収められており、頭注も施されている。しかし、頭注はこの作品が「何を伝えようとしているか」についてまったく説明していない。頭注が不備だということではなく、そのように、この作品は、あるいは『月に吠える』に収められている作品の多くは、さらにいえば朔太郎の詩作品の多くは、「何」ということからは離れて言語化されているといえよう。「どのように言語化されているか」という問いに対しての答えが、右にあげた作品そのものであり、作品をあげて「このように言語化されている」というしかない。そもそも朔太郎が伝えようとしている「情報」すなわち朔太郎の複雑な「気持ち・感情」がわかっておらず、それが「象徴」ではなくて、言語表現としてアウトプットされていると考えた場合、受信者は、このアウトプットされた作品をそのまま受け入れ、これが朔太郎の「気持ち・感情」であるとみるしかない。

関東大震災後の言語空間

大正十二（一九二三）年九月一日に発生した大地震は後に「関東大震災」と呼ばれた。死者、行方不明者は十万人を超えると推定されており、明治以降の日本の地震災害としては最大規模とされている。関東大震災の記録はさまざまなかたちで残され、さまざまなかたちで検証や考察が行なわれている。

近年では平成七（一九九五）年に阪神・淡路大震災が起こり、平成二十三（二〇一一）年には東日本大震災が起こり、これらの大震災も、日本列島上に甚大な被害をもたらしている。平成二十三年四月二十五日には、俳人の長谷川櫂（かい）の『震災歌集』（中央公論新社）が発行され、さらに平成二十四（二〇一二）年一月二十五日には『震災句集』（中央公論新社）が発行されている。『震災歌集』の「はじめに」には「この『震災歌集』は二〇一一年三月十一日午後、東日本一帯を襲った巨大な地震と津波、つづいて起こった東京電力の福島第一原子力発電所の事故からはじまった混乱と不安の十二日間の記録である」「その夜からである。荒々しいリズムで短歌が次々に湧きあがってきたのは。私は俳人だが、なぜ俳

句ではなく短歌だったのか、理由はまだよくわからない。「やむにやまれぬ思い」という
しかない」と記されている。「なぜ俳句ではなく短歌だったのか」ということは、詩的言
語の「器」としての俳句と短歌とにかかわっていると推測しているが、このことについて
は後に述べることにしたい。ここでは「やむにやまれぬ思い」が短歌や俳句といった詩的
言語によってアウトプットされるということに注目しておきたい。

『噫東京　詩・散文』

『噫東京（ああ）　詩・散文』

上は大正十二（一九二三）年十一月十六日に交蘭社から出版された『噫東京　詩・散文』の表紙である。タイトルは背に印刷されているかたちを示したが、タイトルページには「散文・詩集　噫東京」とある。以下は簡略に『噫東京』と呼ぶことにする。

著者として西條八十（さいじょうやそ）、竹久夢二、蕗谷虹児（ふきやこうじ）、生田春月（しゅんげつ）、水谷まさる、濱名東一郎、野口雨情、吉屋信子、川路柳虹（りゅうこう）、人見東明、下田惟直、横山青娥（せいが）の名前があげられている。詩と散文とが載せられているが、震災後二月ほどでの出版のためか、ほとんどが直截（ちょくせつ）的な言語表現になっている。吉屋信子（一八九六～一九七三）の「悲しき露台（ろだい）」をあげてみよう。

悲しき露台

露台に立てば
あわれ、思い出の花の幾鉢
——落ち散りて砕けしまま
——かの日の地震の恐れを語る、
ああ、彼の日昼も夜も焔に染みし

――かなたの空に
今宵静に月のぼる
星もあなたに影光る、

月よ
星よ
――悲しからずや
御身が照す廃残の都
地に生くる人の子を
かくまでに奪いて去りし
禍の夢なりしや
ああ！　悩める都市の残影！
泪（なみだ）流れてやまず

胸の痛みに我れや倒るる

月よ
星よ
この秋のみは――
御身の姿見るに得堪えず
露台に立つも堪えかねつ
――寂しくひとりうなだれて
――我は去りゆかん
悲しき秋の露台を……。

右では「地震の恐れ」という表現が使われている。また「廃残の都」「悩める都市の残影」という語が使われており、地震によって都市東京が壊滅的な被害を受けたことが、直接的に、すなわち「伝達言語」によって表現されている。そう考えると、この作品は、形式は「詩」であるが、表現としては非詩的言語すなわち「散文」とみるのがよいかもしれない。この「悲しき露台」の前には、「悩める都の一隅にて」という題名の文章＝散文が置かれている。文章の内容は「八月三十一日の朝、私はお友達の千代子さんと四十日ほど住んだ信州のY温泉の村を出立致しました」と始まる、まさに「事実」を書き留めたものだ。しかし、その題名が「悩める都の一隅にて」で、この表現は「悲しき露台」の「悩める都市の残影」と重なる。ここに散文と詩との連続性あるいは重なり合いを確認することができるが、この「悩める都市」、あえて今風に表現するなら「陰キャとしての東京・都市」ということになるが、そのようなとらえかた、及び表現は『噫東京』において繰り返し見られる。

「あの都会は病んでいた」「蝕める昨日の都会」（西條八十「回顧」）、「浮華に漲っていた東京の火の洗礼」（生田春月「焼け跡の青い芽生え」）、「近代の生んだ畸形児である東京」（水谷まさる「哀傷記」）、「ぶちのめされない都会」（川路柳虹「破壊」）、「銀座や浅草の殷賑」「憂鬱な都会」「病的な大都会の雑閙」（下田惟直「かへらぬ少女」）、「懶い帝都」（横山青娥「震災弔歌」）などの表現は、重なり合いがある。

それは例えば、明治二十七（一八九四）年に東京でうまれた水谷まさるが「最近この十年ばかりは、ふたたび東京に帰って来て住んだが、稚心に秘められた東京の記憶は、あまりに東京が変ってしまっているので、よりどころがないような気がして、まるでふるさとという感じがしなかった」「江戸から東京へ、別に勝れた都市政策の下に、建てられることなしに、ただただ近代という避けがたい大波の押し寄せるままに、築きあげられたこの都市」（「哀傷記」）と述べていることと重なっているのではないか。明治二十七年は日清戦争の年でもある。そのあたりから、東京の、ひいては日本のありさまは急激に変化した。その東京の変貌は東京にうまれた人々から「ふるさと東京」を奪ったのではないだろうか。そうした気持ちが東京を「病める都市」ととらえさせ、その「病める都市」を自然災害が破壊したという「みかた」がうまれた。

谷崎潤一郎は、八月三十一日に芦ノ湖（あしのこ）畔の箱根ホテルに泊まり、翌日はそこからのバスでの移動中に関東大震災に遭遇した。妻の千代子と長女の鮎子（あゆこ）は横浜にいたので、「妻子のためには火の勢いが少しでも遅く弱いようにと祈りながら、一方では又「焼けろ焼けろ、みんな焼けちまえ」と思った。あの乱脈な東京。泥濘（でいねい）と、悪道路と、不秩序と、険悪な人情の外何物もない東京。私はそれが今の恐ろしい震動で一とたまりもなく崩壊し、張りぼての洋風建築と附け木のような日本家屋の集団が痛快に焼けつつあるさまを想うと、サバサバして胸がすくような気がした。私の東京に対する反感はそれほど大きなものであったが、でもその焼け野原に鬱然たる近代都市が勃興するであろうことには、何の疑いも抱かなかった」（「東京をおもふ」『中央公論』第四十九巻第一～四号所収、昭和九：一九三四年一～四月）と述べている。このような「みかた」もあった。

『噫東京』の口絵は竹久夢二が冒頭の一枚、蕗谷虹児が続く二枚を担当している。次ページは竹久夢二の口絵だ。夢二は1から7までの番号を附した「死都哀唱」という作品を「ゆめ・たけひさ」という名前で載せている。夢二の「死都哀唱」は直截的ではないので、あげておきたい。

1　残ったもの
それは忘れてよいもの

『噫東京』の竹久夢二による口絵

これは忘れてならぬもの
それとこれとを
二つの筥に
わけておいたに
一つは焼けて
一つは残った。
焼けたのは
それは忘れてならぬもの。

『震災詩集　災禍の上に』

大正十二（一九二三）年十一月二十日には、新潮社から『震災詩集　災禍の上に』（以下『災禍の上に』）が出版される。

本扉に続くページには「大正十二年九月一日の大震災を記念するため／現代詩人四十九家の作品を蒐めたる詞華集」と記されている。編者として白鳥省吾、川路柳虹、百田宗治の名前があげられている。冒頭には駐日フランス大使ポール・クローデルの作品が置かれ、以下、秋田雨雀、赤松月船、青手彗、生田春月というように続く。
収められている作品の言語表現はいくつかの類型に分けられる。

◇震災を説明する

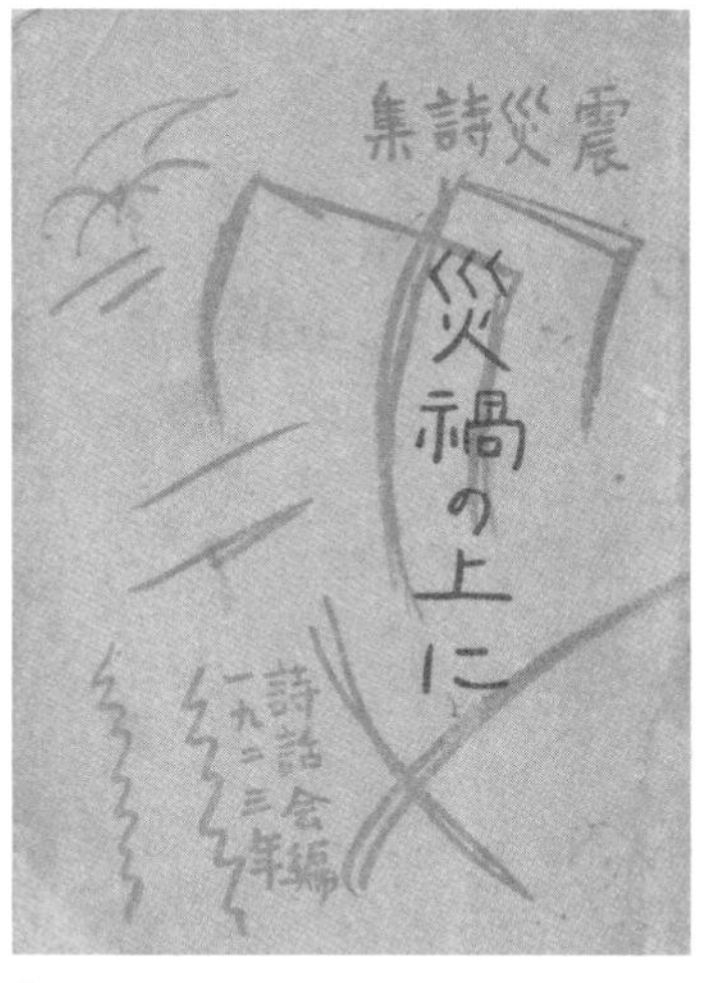

『震災詩集　災禍の上に』

「大正十二年秋九月、／九月一日の正午十二時前、／突如として、落ち来った／此の恐ろしい大災厄、此の悲運――／語るに何の言葉をもってせん。」（生田春月「恐ろしき悪夢の後」）、「地震と火事とが怖いというので／俺達は草っ原で不安な一夜を明かした／みんなが助け合って／杭をうったり柱を立てたりして／夜露凌ぎには蚊帳を吊って／俺達はそこで野宿をした」（伊福部隆輝「不安な一夜」）、「余震の夜は気味わるいほど静かだ。／何のあかりとも知れぬ空の薄あかりに、／くろい砂丘の松かげ。／砂地に敷いた畳、／蚊帳をつるした松の木の柱、／夜露を凌ぐからかみ、／雨戸の風よけ、こんな不安な臥床に、／病人はすやすやと眠っている」（河井酔茗（すいめい）「砂上の秒音」）、といった言語表現は詩的言語というよりは、震災を説明するごく一般的な「伝達言語」といえよう。河井酔茗のような詩人までもがそうした言語表現を使っていることには注目しておきたい。

◇表現をよむ

白鳥省吾（一八九〇～一九七三）の「寂しい満月」を例としてあげてみよう。

寂しい満月

夕べとなれど
灯の空焼けもなく

林立した煙突の影もなく
見渡す限りの焦土のところどころ
折れた塔、崩れた楼閣、黒い骨組は
虚無の手に砕かれて絶息した都会の姿。

余りにも虚(うつ)ろに冷たく寂しく
昨日の幻を何処(どこ)に思い浮べよう、
しかもその爛(ただ)れた心の上に
光うすい満月が出ている、
そしていつしか焦土の中に立ち並んだ
亜鉛屋根のバラックの群も蒼白(あおじろ)く光っている。

私の立つ丘にまつわるうす寒い初秋の靄(もや)
地に散乱する夥(おびただ)しい紙屑(かみくず)、塵芥(ちりあくた)、西瓜(すいか)の皮は丘に避難した幾万の人々の悩みの跡。
此処に立って自分の家の燃えるのを見ていた人々は
今はそれぞれ何処へか去り
ただ寄るべなき幾百の家族は
桜林のそちこちに蓆(むしろ)張(ば)りの小屋をつくり
その中には赤児の声もする。

地は荒れて
月はいよいよ清らかに
絹のような光沢(つや)を帯びた蒼ざめた天体よ、
げに月の照らすところは広く
これらの深刻な災禍も
大地の微小な一斑点であり
月にとって寂しい瞥見(べっけん)に過ぎないであろう。

今宵、焦土の中にバラックの小屋の並んでいるのは
蒼茫と暮れてゆく漁村のような感じである、
しかしこれはただの荒地ではない
血と汗とに烙印された歴史の土である、
依然たる日本の帝都である、
過去の東京は
かくまでも打ち砕かれても
いち早く鮮やかに築きゆく夢の輪廓が見える、
未来の人類の声はつねに潮鳴のように歌っている。

作品のタイトルは「寂しい満月」となっている。作品中でも「光うすい満月」「月はいよいよ清らかに／絹のような光沢を帯びた蒼ざめた天体よ、」と「満月」や「月」という語が使われている。その「月」が「虚無の手に砕かれて絶息した都会の姿」を照らしてい

るというのが作品の枠組みで、これは『噫東京』に見られた「自然」と「都市（都会）」という枠組みといってよい。こうした枠組みは「大地は猛獣のように／樹は髪を乱して荒れ狂う／大地は日ごろ静かでも／その咆哮する怒りのまえには／何ものをも仮借しない、」「愚かな人間よ、おまえは虫けらが／地の熱にえ堪えずして身ぶるい、／蟹が水の熱さに驚いて汀に這いあがる／その自然の畏怖をさえ予知せずに／この憤怒の一分前には可憐な子供のため／午餐の茶の備えをしていたではないか。」（川路柳虹「震後」）、「「自然」の名によって行われた／「人間」への恐ろしい苦厄と試練の日に」（鈴木信治「田舎に在りて」）、「破れた障子の穴にも／震災の思い出が痛ましく傷ついているのに／自然はやさしい慰撫でうめている」（陶山篤太郎「愛恋」）のようにさまざまな作品に見られる。

「深刻な災禍」によって「都会」は「打ち砕かれ」、「絶息」し、「亜鉛屋根のバラックの群」と姿を変えているが、「夢の輪廓」はすでに見えて、「未来の人類の声はつねに潮鳴のように歌っている」と作品は終わる。これは「復興」への希望といってよい。「燃えのこる灰のなかから汝の鵬翼をつらね、／東京よ、起き上れ、苦患のなかから、／汝の足の痛みを打ち忘れ、立ち上れよ！」（川路柳虹「東京よ、起き上れ、不死鳥のやうに」）、「真の文化の塔が私達の前に再建される日はいつなのか」（多田不二「焦土に立つ」）のように、こうした希望もさまざまな作品において言語化されている。『災禍の上に』に収められている作品の枠組みを整理すると次のようになるだろう。

1 「都市・都会」と「自然」を二項対立的にとらえる。
2 繁栄していた「都市・都会」が滅びた。
3 「都市・都会」の復興を願う。

「寂しい満月」では右の1〜3が「情報」として言語化されているが、『災禍の上に』に収められている作品の多くは、これら1・2・3のどれか、あるいは複数を「情報」とし、案外と直接的（散文的）に言語化している。そうした意味合いでは、「紋切り型」の枠組みといえるであろうし、詩のかたちを採ってはいるが、詩的言語としての言語化というよりは、伝達言語として言語化されているように思われる。また「血と汗とに烙印された歴史の土」「日本の帝都」「未来の人類の声」などは過剰な、すなわち大袈裟（おおげさ）な表現にみえる。

特に関東大震災が日本列島上で起こっているにもかかわらず、「人類」という語が使われていることには注目しておきたい。橋爪健の作品の題名は「人類鏖滅」で、作品内では「人間ども」「人類のため」のように「人間」「人類」という語が使われている。林信一の「怖しき廃墟」においては「人人の築き上げた血のような努力の跡」「人人の生命」「人人の美しい姿」のように「人人」が使われている。堀口大學は「人間よ」という題名の作品を寄稿している。東日本大震災後の詩においても「人類」という語が使われ、新型コロナウイルスの感染拡大のおりには「人類が新型コロナに打ち勝った証」という表現が使われた。

俳人の小川軽舟は、歌人の川野里子、詩人の平田俊子との鼎談「震災と詩歌——過去、現在、そして未来と向き合う「言葉」たち」（『文藝』平成二十七：二〇一五年夏号）において、和合亮一の「俺の精神と肉体の独房で、暗がりにつながれた馬のたてがみを、撫で上げることをせよ、人類よ。」（『詩の礫』二〇一一年、徳間書店）について、「「とうとう『人類』が出てきたな」と思いました」と述べている。平田俊子は、「和合さんの「あなた」では誰なのかよくわからない。抽象的な「あなた」であると同時に、被災した「あなた」であり、自分のツイートを読んでいる未知の「あなた方」でもありそうです。自分の子どもや妻はおそらく含まれていない」と述べている。

多田不二の「焦土に立つ」には「私達はいずこからともなく／ゲーテの所謂「森へ帰れ」の声が眼覚めた同胞のうちに叫ばれるを聴いた／人間の力による革命の代りに／吾等（われら）の祖国は自然の力で革命を強いられた／私はむしろこれを喜ぶ」とある。ここでは「私達」「同胞」「人間」「吾等」「私」と、自身及び自身を含む集団の呼称が隣接してさまざまに使われている。「私」に「私以外の人」が加わったものが「私達」であり「吾等」である。「同胞」の「同」は〈同じ〉であるから、いずれにしても「同胞」は「私＋私以外の人」であり、「人間」もいうなれば「私＋私以外の人」であろう。「私以外の人」を含む「私達」「吾等」「同胞」（「人間」）は、そういう人々への呼びかけのことばであろう。そうであれば、そういう人々に、自身の作品の共有を求めているとみることができる。「共有」は自身が設定した「共同体」といってもよい。

「焼けだされた私の従弟の一家と／従妹の一家が／田舎の私の家にとも住いしてから／子供たちの愛を中にして／永い間続けてきた伯父伯母たちの／冷たい沈黙がゆるもうとして

いる」（松原至大「人間を結ぶ」）は「具体相」において作品を組みたてているが、「人間」や「人類」というレベルで作品を組みたて、事態をとらえるのはいわば「抽象相」ということになる。関東大震災のような災害に直面した場合、その事態を「具体相」でとらえることがある一方、（極端に、と表現しておくが）「抽象相」でとらえることもある。「まことに此処には華やかな灯がともり／美しい人々やなつかしい街路樹／そうして絢爛たる温情が／疲れた魂を愛撫してくれたのに」（中田信子「秋風」）は、東京を肯定の相においてとらえているといえようが、その一方では「あらゆる艶麗と虚栄に飾られた在りし頃の銀座」（多田不二「焦土に立つ」）という、どちらかといえば肯定しない相においてとらえるみかたもある。そして、前者も後者も、（いろいろな「含み」をもちながら）「いざ青年よ東京の灰燼の中で首都の未来賦を歌おう」（中山啓「新鮮な首都」）、「月光に描き出された首都は／原色をもって塗られた未来派の風景画だ、／そこに新興の思想と芸術が生れ、／緊張した人間の心が、／一切の新しい力を準備している」（井上康文「滅亡の首都・郷土」）のように復興への希望につながっていく。

小関和弘は「震災詩集の書法—「危機」の詩／詩の「危機」—」（原田勝正・塩崎文雄編

『東京・関東大震災前後』所収、平成九：一九九七年、日本経済評論社）において、『災禍の上に』を採りあげて、多角的に分析を加えている。また、佐藤惣之助が大正十二（一九二三）年十二月九日の『東京朝日新聞』朝刊の「新著週評」欄に「『災禍の上に』読後」という文章を発表していることを指摘している。そこには次のようにある。

> みんな「東京」を中心にして、あらゆる嗟嘆、追憶、哀惜の美辞をならべている。バビロンが引あいに出されている。不死鳥がとんでいる。大地が唸って、火の輪が廻って、死者と灰燼がもんどり打っている。（略）
>
> 元来空想家の多い詩壇では、嘆き叫ぶのも早いが又希望をもつのも名人だ。それに正面きって軍歌の如く歌う人もあれば、喞々として虫の如く泣く人もあるし、写実でゆくもの、へんに歴史めくもの、批評めくもの、記録めくもの、種々様々。誠に面白い。といっては失礼ならば、個人の詩として各個人にふさわしい出来であるが、さてこうしてならべて見ると、どっちかといったら、あまり詩が面白くないという意味である。

（略）あまりの大袈裟な、又写実にも弱ったが、みんな一様な感情詞、形容、時代的な眼で見ている「型」にも閉口した。

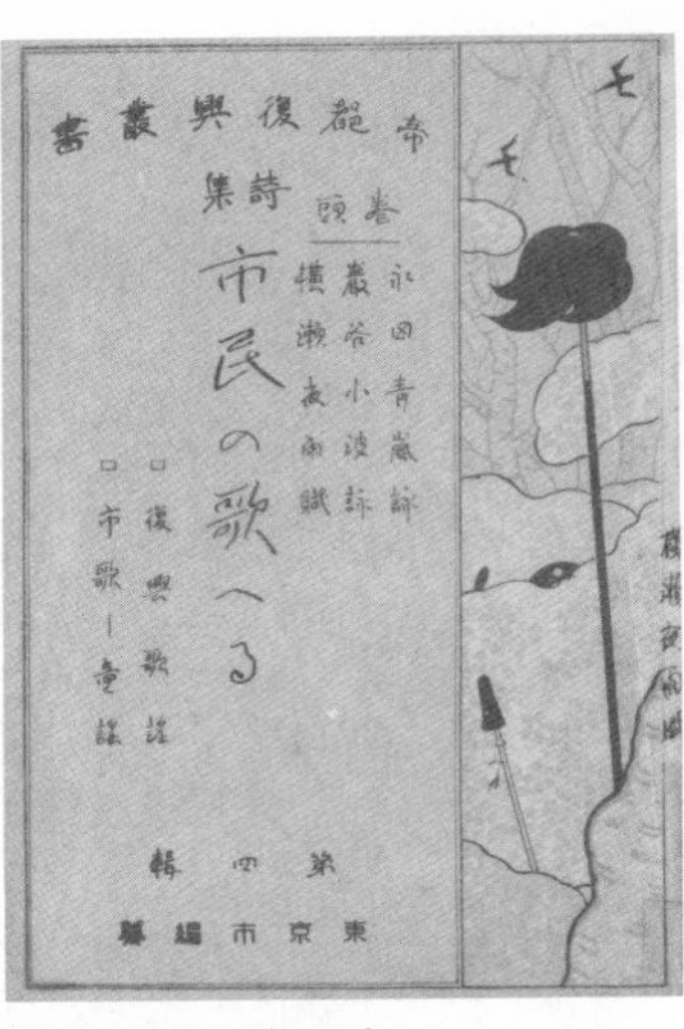

『詩集　市民の歌へる』

東京市編纂『詩集　市民の歌へる』

東京市編纂『詩集　市民の歌へる』は帝都復興叢書第四輯として大正十三（一九二四）年三月三十一日に帝都復興叢書刊行会から発行されている。「表紙図案の解」には「巌谷小波氏の考想に基き、吉川晴帆氏の筆に成り、昔ばなしにある、花咲爺が灰を蒔いて枯木に花を咲かせたという精神を表現して、震災を受けた灰燼の都をして、より美しき花の都となさんとする復興意気を示したものである」と記されている。

巌谷小波の「選を終えて」というタイトルの文章には次のようにある。

今度東京市の依頼によって、その募集にかかる復興歌謡なるものの選をすることになった。それは去年中に集まったものを、この春の初めに見たのであるが、ああした大打撃をうけた東京市民の中から、この市の催しに対して、こうまで多数の応募者を出した所を見ると、そこにどれほど余裕のあるかも伺われて、少なからず頼もしく感じたのである。

一体我が日本人は、どんな露路裏のあばら屋に住んでも、窓の前に盆栽を置き、垣根に朝貌をからませる国民である。そうした趣味は文芸の上にも現われ、臨終を前にしてヤカナを案じ（引用者補：辞世の句を意味していると思われる）、九寸五分を手にしながら三十一文字をならべる。されば東京がどんなに荒らされても、その灰の山の中から、歌謡の花の咲き出るのも、強ち(あながち)不思議な事ではあるまい。

さて、目を通して見ると、種々註文したいこともあるが、また考えて見ると、現に今日の東京がバラックの都会である以上、それから産み出された作品中に、バラック式のように思われるもののあるのも亦(また)当然であろう。

尤も今度の歌謡の募集は、必しも芸術品を期待したのではあるまい。寧ろ我が市民の間に、どれほど復興の気分が漲って居るかを、文芸の上から見ようと試みたのであろう。果して然りとすれば、正に成功の集たるを疑わぬ。

選者である巖谷小波が掲載作品を「バラック式」と表現することには驚くが、「復興の気分」のアウトプットとして、企画されたということはたしかであろう。巻頭には永田青嵐の「震災雑詠」、巖谷小波の「復興の四季」、横瀬夜雨の「復興賦」が置かれ、「詩」「和歌」「俳句」「川柳」「童謡」「民謡」が載せられている。「俳句」をあげてみよう。

復興の屋根の光や秋の月　　松本一晴
復興の誓辞交やす梅咲く日　　八木福寿
榾の火に復興自慢の亭主かな　　福本徳太郎
復興のかがみとせよや蜘蛛の糸　　松岡菊五郎
復興の力試めさんに今朝の春　　池田大鵬

復興の槌音高し焼野原　中野春霞
復興の意気旺んなり君が春　大輪正八
霜枯れに天地ふるわす槌の音　日昇庵南浦
バラックの軒に輝く初日かな　菅谷金風
復興に不断の槌や風光る　比留間銀舟

「復興の槌音」という「紋切り型表現」をふまえたような句が少なくない。巖谷小波が述べているように、大震災による鬱屈した気持ちを詠む、というよりは、「復興」という枠組みの中に発想そのものがあるように思われる。「復興という枠組み」は必ずしも「統制された言語空間」ということにはならないであろうが、しかし「復興」というようなわかりやすく、誰も反対しないような「レッテル」によって、言語空間が一色に染められるということはありそうだ。非日常的な状況であればなおさら、どのような言語空間が形成されているかについて意識的である必要がある。新型コロナウイルスの感染拡大に関して「（未曽有の）国難」という表現が使われたことがあった。

アララギ発行所編大正十二年震災歌集『灰燼集』

『灰燼集』はアララギ叢書第十七篇として大正十三（一九二四）年五月二十三日に古今書院から刊行されている。「はしがき」には次のようにある。

一、大正十二年九月一日の震災を紀念するためにこの一巻を輯めた。
一、アララギ誌上、岡麓、中村憲吉、土屋文明、土田耕平、藤澤古実、島木赤彦の選歌より更に取捨選択を行い、それにアララギ同人十数人の歌を加えて、合計百五十九人九百三十一首を収めた。詳しくは巻末小言にしるす。
一、装幀及び口絵は平福百穂画伯を煩した。（以下略）

『灰燼集』そのものがあまり知られていないと思われるので、ここでは右に名前があげられている選者のうち岡麓、土田耕平、藤澤古実、島木赤彦の作品と平福百穂の作品とを一首ずつ掲げておくことにする。

発行所の隣家に移る

植込みの木槿の花の咲きつづきこの二階家は旅ごこちなる　岡麓

もろともに過ぎばすぎめどうつつ世になお残りたまう御ほとけの慈悲　土田耕平

ことごとく焼け亡びたる只なかになおいましたまう観世音菩薩　藤澤古実

焼け舟に呼べど動かぬ猫の居り呼びつつ過ぐる人心あわれ　島木赤彦

いく條か駅にあつまる軌道の上はしるものいまはみな止りたる　平福百穂

「もろともに〜」は「浅草観世音を憶ふ三首」のうちの一首で、藤澤古実の「観世音菩薩」も浅草観音のことである。大阪朝日新聞社編纂『関東大震災記』（大正十二・一九二三年十月十日発行）には、浅草は九十九パーセントが焼失し、二十八万一九四八人が罹災したことが記されている。また、「浅草区は激震と同時に十二階凌雲閣が倒潰し其の下にあって圧しつぶされた数十戸の民家より出火、各所に延焼、六区の歓楽境をも忽ちに焼き払った」とあり、浅草区は壊滅的な被害を受けた。そうしたこともかかわっていると思われるが、「十重二十重炎みなぎる中にして観世音菩薩あわれましまます」（草生葉爾）、「とうとさよなべてほろびし焼原にかくし残れる観音の堂」（池田清宗）、「焼原にのこるみ堂をいつくしみうれしさ充ちて詣でけるかも」（平福百穂）などと、浅草の観音を詠んだ歌が少なからず見られる。震災後まもなく出版された『婦女界』第二十八巻第四号（大正十二：一九二三年十月）には「全滅の浅草に不思議と焼け残った観音様」というキャプションを付けた写真を載せ、「大きな本堂も、山門も、高い五重塔も、あの恐ろしい地震に会っても一向平気でした。而（しか）も周囲の民家は悉（ことごと）く焼失したのに、不思議やここだけは完全に残りました。さすがに観音さまの御利益は大したものと、毎日おびただしい参詣者で大混雑を呈しております」と記している。

増田乙四郎詠著『大正激震猛火の新体詩』

大正十二（一九二三）年十月二十一日に実業之日本社から増田乙四郎の『大正激震猛火の新体詩』が出版されている。「激震猛火の新体詩の自序」には「実地見聞する所に基き、灰燼の巷（ちまた）、孤燈の下、聊（いささ）か感想したる余瀝（よれき）の自ら発露せるものにして、激震猛火の新体詩として、漸く其分量の半ばを発表するに過ぎず」とある。四節を一章とし、十五章（六十節）から成る。この作品もあまり知られていないと思われるので、五節ほどをあげておくことにしたい。

第十六節　戒厳令の公布

煮返える如き　市の中
諸所爆発の　音のしぬ
其は何なるか　何人の
仕業なるかと　怪まれ
一騒動も　加わりて
戒厳令ぞ　布かれける

第二十節　鎌倉の悲惨

名所古蹟（こせき）に　名を負える
関東一の　鎌倉は
崩潰（つぶれ）も多き　宮寺に
街に聳（そび）ゆる　老松に
木々の火傷（やいと）の　面影に
昔偲（しの）ぶも　歎（なげ）かわし

第二十五節　神田区等の焼失

帝都・学生の　巣窟と
学校・書肆（しょし）も　多かりし
神田は又も　大火かな
芝、本郷の　半焼に

下谷、浅草　此処も亦
焼野と続く　憐(あわ)れさよ

第二十六節　丸の内の被害

近代家屋の　様式に
甍(いらか)も高き　丸の内
火災免れし　其中に
化粧煉瓦(れんが)の　剝落や
中途崩れの　石造に
鉄筋捩(ねじ)れし　様・憐われ

第三十九節　図書館の灰燼

別けても惜しく　思わるは
所蔵も多き　図書館
それも一棟　のみならず
公設・私設　各人の
珍籍富める　文庫など
数々灰に　ならんとは

関東大震災では貴重な古書籍が少なからず失われた。『時事新報』第一万四五〇四号附録『大正大震災記』（大正十二・一九二三年十二月二日、時事新報社）には「償い難き文献的の損害」「三日間燃えた大学の図書五十万冊」という見出しの記事が載せられている。記事には「東京帝国大学構内（農学部を除く）に所蔵せる図書数は大正十二年三月末現在にては約七十六万冊にして、内洋書約三十五万冊、和漢書約四十一万冊である。右図書数の内約三十六万冊が図書館に所蔵せられ、四十万冊が各学部の教室其の他に借用されて居た。図書館に於て火災の際搬出せるものは一万冊」だったことが記されている。

「器」としての詩・短歌・新体詩

関東大震災がどのように詩、短歌・新体詩としてアウトプットされたか、ということについて具体的に観察をしてきた。ここで採りあげた詩集、歌集がそもそも、ひろくは知られていないということがあるだろう。

関東大震災のような大きな災害は、災害の大きさが詩的言語としての言語化を乱しているようにみえる。ここまで述べてきたように、詩的言語は多く、発信者の「気持ち・感情」を言語化する。しかし、あまりにも大きな災害は、結局は「気持ち・感情」を一気に「レッテル」にまで至らせてしまう。その結果として、作品全体は、「レッテル」を使った心情の直截的な吐露になり、佐藤惣之助が述べたように、「あまり詩が面白くない」ということになる。また、詩や短歌に盛り込まれていた「気持ち・感情」はどちらかといえば繊細な、いわば「抒情」であったが、そうした「気持ち・感情」ではなく、より強い「気持ち・感情」が生じやすいために、ひそやかな「抒情」も一気に超えてしまっていると思われる。

その一方で、呼びかけの範囲は「人間」や「人類」のように、極限まで広がり、呼びかける対象がそこまで広がってしまえば、ささやくような小声で言語化することもできなくなり、大声で叫ぶしかない。大声は「レッテル」といってもよい。使われる語の「語性」も強く、大袈裟なものが選ばれやすく、大仰な比喩も使われやすいし、攻撃的なことばが使われることもある。

ただし、そうした「傾向」はそれとは反対の「傾向」と実は対になっているのではないだろうか。「不安」だから攻撃するということはありそうで、「小さな声」と「大きな声」とは実は対になっているとみることができるだろう。関東大震災のような「災後」には、言語空間が通常よりも大きな振れ幅をもつのではないか。非日常的な言語空間において、何が起こりやすいかということについては検証を重ねていく必要がある。

第五章　二〇二〇年〜二〇二二年の「鬱屈」

新型コロナウイルスと言語表現

『朝日新聞』の記事を「新型コロナウイルス」という文字列で検索してみると、令和二（二〇二〇）年一月九日の夕刊の「武漢肺炎、新型コロナウイルス検出」という見出しの次のような記事がヒットする。

　中国中部の湖北省武漢市でウイルス性肺炎の患者が増えている問題で、病原体を調査している専門家グループが新型コロナウイルスを検出したことを明らかにした。

（略）

　過去に中国や韓国で感染が拡大した重症急性呼吸器症候群（ＳＡＲＳ）や中東呼吸器症候群（ＭＥＲＳ）もコロナウイルスの一種だが、今回は異なる種類のウイルスという。武漢市当局はこれまでに59人の患者を確認。死者はなく、ヒトからヒトへの感染も報告されていないと説明している。

　感染の広がりを受けて、香港や台湾では武漢からの航空便や高速鉄道の乗客に対す

る検疫を強化。日本政府も武漢訪問者に注意を呼びかけている。（北京）

筆者は、迂闊にもこうした新聞記事の報道をきちんと認識していなかった。筆者の勤務先の大学では、令和二年には三月にも入学試験を行なっていたが、三月一日の入学試験の採点をしている時に、マスクが入手しにくくなっているということが話題になった。採点終了後に、コンビニエンスストアに立ち寄ってみると、たしかにマスクが売り切れていた。もう一軒に寄ってマスクを購入して帰宅したこの日が、筆者がはっきりと新型コロナウイルスのことを認識した日だった。

もちろんもっと早くから認識されていた方はいるだろう。その後、学位授与式（卒業式）も令和二年度の入学式も中止になり、前期は五月に「遠隔授業」が始まり、結局は「対面授業」をほとんど行なわないままに令和二年度が終わった。令和三（二〇二一）年度は、文部科学省からの要請を受けて、勤務先の大学は「対面授業」を基本とするという「方針」をうちだしたが、四月に二回授業を行なったところで、東京に緊急事態宣言が出された。後期は東京の感染者数減少によって、比較的安心して「対面授業」を行なうことができたが、令和四（二〇二二）年一月には再び感染者数が激増し、二月には国内の一日の新規感染者数が十万人を超えることもあった。その後感染者数は減り、令和四年四月には五万人前後になっているが、少ないとはいえない。しかし、多くの大学は「対面授業」を行なっている。各大学のホームページには、その大学がどのように考えて、授業を行なうかが述べられている。「対面授業」しかなかった時には、なぜ「対面授業」を行なうかをホームページで述べる必要はなかった。しかし現在では「非対面授業」がある。そうなると、説明が必要になる。新型コロナウイルスの感染拡大によって「対面授業」がいわば相対化されたといえるだろう。

日本だけではなく、南北アメリカ大陸もヨーロッパもアジアも、世界中で新型コロナウイルスの感染が広がり、多くの感染者と死者を出した。各国でワクチン接種が進んでいるが、それも三回目、四回目と回数を重ねており、「終息」というような表現を使うことができる状況にはない。

世界が同じ状況下にあるという、経験したことのない状況になり、新型コロナウイルスをどのようにとらえ、それにどのように対応するか、という等しい「課題」を世界が共有することになった。そのことによってみえてきたこと、考えたこと、わかったことは少なくない。

過去をふりかえること、「歴史」を知ることの意義の一つは、現在とは（いろいろな意味合いで）異なる「過去／歴史」が確実に存在したことを知ることだ。自分を絶対視する人は少なからず存在する。自身の価値観以外の価値観を認めない人もいる。そういうことも、新型コロナウイルスの感染拡大によって、はっきりとわかったといえるだろう。

本書が扱ってきた、現在から百年ほど前の時期にも「自然災害・疫病・戦争」があった。その点において、現在と「似た状況」であるといってよい。生活環境は百年ほど前と現在では大きく異なる。しかし、「気持ち・感情」はあまり変わらない面もある。本書は「気持ち・感情」をどう言語化しているか、ということをテーマにしている。そうではあるが、「言語化」ということのみを話題にしているのではない。「言語化」は、結局は「事態をどうとらえるか」ということであり、そのとらえかたは、ひろい意味合いでは、事態に対しての「行動」の一つとみることができる。

本書で述べたように、「気持ち・感情」を言語化するためには、自分自身の「気持ち・

感情」を自分自身で探る必要がある。「探る」は「自分自身との対話」といってもよい。「探る」は一つのプロセスでもあるから、そうしたプロセスをふむことによって、丁寧に生きることができるといったら大袈裟だろうか。百年ほど前の人々が鬱屈した「気持ち・感情」をどう言語化し、そのことによって自身をコントロールしていたか。本書において「自身のコントロール」については、あまり述べることができなかったが、そのことについては、本書を読んでくださった方々がそれぞれ考えていただければいいのではないかと思っている。

　令和二年六月発行の雑誌『新潮』第一〇七巻第六号には、金原ひとみ「アンソーシャル ディスタンス」、鴻池留衣「最後の自粛」がいちはやく掲載された。日本において、新型コロナウイルスの感染がはっきりと意識されてからおよそ半年後ということになる。今ここで、そうした文学作品一つ一つについて述べることはできないが、この原稿を書いている令和四年九月の時点で読み直してみると、最初に読んだ時とは異なる印象をもつこともある。どこが異なるかを説明することは難しいが、新型コロナウイルスの感染をめぐる「事態」がいっそう複雑になっているということだろうか。最近は「新型コロナウイルスを克服する」とか「新型コロナウイルスと戦う」というような表現に接しなくなったように感じる。それは、「そういうものではない」ことがわかったからではないだろうか。そして、海外における「戦争」がそこに加わり、鬱屈した「気持ち・感情」が重層的になったと感じる。

雑誌『すばる』第四十二巻第八号（令和二年八月）は「ウイルスとの対峙」という特集を組み、「文芸漫談」においては、奥泉光といとうせいこうによる「アルベール・カミュ『ペスト』を読む」が載せられている。『すばる』第四十二巻第九号（令和二年九月）は「表現とその思想、病をめぐって」という特集号であるが、「黙示録を生きる私たち――癌・エイズからコロナまで」というタイトルの下に映画監督の中村佑子がスーザン・ソンタグの『隠喩としての病い』を採りあげている。『文學界』第七十四巻第七号（令和二年七月）は「疫病と私たちの日常」という特集を組んでいる。『文學界』第七十四巻第八号（令和二年八月）は「〝危機〟下の対話」という特集を組んでいる。この号には円城塔と小川哲の対談「いまディザスター小説を読む」が載せられている。

先に紹介した『新潮』と同じ令和二年六月発行の雑誌『群像』第七十五巻第六号には小

林エリカの「脱皮」が掲載されている。「学校の理科室の丸椅子に並んで腰掛け、マスクをつけたままこちらを見つめる女子生徒たちに向かって、やはりマスクをつけた光子は壁の周期表を指し示す」は新型コロナウイルスの感染拡大を思わせるが、「点景」ともいえよう。この号には斎藤幸平「コロナ・ショックドクトリンに抗するために」も載せられている。

『文藝』第五十九巻第三号（二〇二〇年秋季号）は「覚醒するシスターフッド」「非常時の日常」「世界の作家は新型コロナ禍をどう捉えたか」を、それぞれ「特集1」「特集2」「特集3」としている。この号には宇佐見りんの「推し、燃ゆ」が掲載されている。「非常時の日常」には「23人の2020年4月―5月」という副題が付けられていて、いとうせいこう、木皿泉、岸本佐知子、最果タヒ、島本理生、多和田葉子、中村文則、穂村弘、松浦寿輝、水村美苗、村田沙耶香、柳美里など二十三人が日記を書くという形式を採っている。

翻訳家の岸本佐知子の四月一日の日記には「「サルティンボッカ」と「だいだらぼっち」はリズム感が似ているなあ。ということについて考えているうちに一日が終わる。66」とあり、脚本家、木皿泉の四月二日の日記には「仕事をしようとノートを開くと大きく「なんて幸せなんだ！」と書いてあった。先月の二十一日の日付で、私の字だ。ほんの十日ほど前のことなのに、何があったのか思い出せない。たぶん一瞬でもそう思った自分を忘れないために書いたのだろう。それにしても物覚えが悪い。昔、沖雅也と仲雅美が覚えられなくて、「海は必殺なり、人間の方が美しい」と覚えていた」とあって、新型コロナウイルスをめぐることは何も記されていない。

「非常時の日常」だから、「日常」をあえて記したということかもしれない。そもそも雑誌の特集であるからには、それは作り物でもあるので、「工夫」が求められているといってよい。みんなが必ず新型コロナウイルスにかかわることを書くだろうから、という判断がはたらくことはむしろ自然であろう。しかしまた、新型コロナウイルスの感染拡大という「同じ状況」に直面しても、考えることも異なれば、感じることも異なるということは理解しておく必要があるだろう。新型コロナウイルスの感染拡大を「非常に気にする人」「ある程度気にする人」「ほとんど気にしない人」がいる。今三つに分けたが、実際はこの三つの間がまたいくつにも分かれていく。そういうことを「分断」とみるのも一つのみかたであるし、そういうものなのだとみることも一つのみかたであろう。「気持ち・感情」の言語化にも当然幅がある。

令和三年三月一日発行の『ＡＥＲＡ』は、池上彰とヤマザキマリの対談「コロナ禍を言葉にする」を「巻頭特集」としている。ヤマザキマリは「人間は言語化をすることによって、きちんと頭の中で、自分の考えになるんです。言語化って、考え方が自分のものとしてきちんと引き出しの中に収まる作業だと思うんですよね」と述べている。これはもっぱら「ことがら情報」を論理的に述べるということを想定しての発言であると思われるが、「感覚情報」も言語化する努力はする必要がある。池上彰は「最近何かあると「なんだかなー」って言っているんです。なんだかなーっていうのは、つまり否定的な、それはいけないんじゃないかと思ってるっていうことを表出しているわけですが、言語化はされていないんですよね」と言い、それに対してヤマザキマリは「確かに言語化されてないですね。そんなのを２５００年前のソクラテス先生が聞いたら、もう怒り狂います。何やってんだって（笑）」と述べている。対談では「リーダーの条件　まず自分の言葉で」ということについても述べられている。

令和三年三月二十二日発行の『AERA』は「推し、燃ゆ」で第一六四回芥川龍之介賞を受賞した宇佐見りんが表紙になっており、「巻頭特集」は「オンライン会話のモヤモヤ解消」だ。サブタイトルは「商談・会議・面接に強くなる」で、この時点で「オンライン会話」はすでにひろい意味合いでの「経済活動」に必要なものと認識され、そのスキルが話題になっている。この号には『朝日新聞』記者の松田果穂・近藤康太郎による「「うっせぇわ」ウケる必然」という記事があり、そこには「かつての名曲は、情景や行為の描写に感情を語らせた。聴き手が曲の余白を自由に解釈できる。歌詞は聴き手の自分事として落とし込まれ、深い共感を生んだ。しかし、解像度の粗いメディアが意思疎通の主力となった時代、背景も理由もない一次感情、たとえば「うっせぇ」と連呼する歌が現代の名曲になるのは、むしろ必然ではなかったか」とある。そもそも言語表現にのせにくい「気持ち・感情」を言語表現にのせるためには、そのまわりの言語表現が精緻に整っている必要がある。それがあって初めて言語表現を通して、かそけき「気持ち・感情」をなんとか受け取ることができる。そもそも言語表現が整わず、「解像度」が粗いのだとすれば、まわりくどいことは抜きに、ざっくり言わせてもらえば、ということになるだろう。少し前に、学生から提出されたレポートを通して「チルい」という表現が使われていることを知った。英語の「chill out（落ち着く）」からつくられた語のようで、調べてみると「CHILL OUT」というドリンクまであり、その広告には「チルする？」と記されている。「チル系（音楽）」もあるようだ。「一次感情」をぶつける「うっせぇわ」がはやる一方で、チル系音楽が求められ、チルいドリンクが発売される。それぞれが新型コロナウイルスの感染拡大とかかわっているかどうかはもちろんわからない。しかし、なにほどかにしても関係はありそうで、そうであるならば、まさに両極でのアウトプットということになる。「一石二鳥」と「虻蜂取らず」、「腐っても鯛」と「山高きが故に貴からず」のように、逆の意味をもつことわざは少なくない。これも、ヒトにかかわる二つの面とみることができるだろう。

　本書ではいわゆる「幻想文学作品」と呼ばれるような作品、あるいはそれにちかい「テースト」をもっている作品を採りあげてきた。澁澤龍彦は「ファンタスティックなものが惹起する恐怖という情緒の裏面は、したがって、ノスタルジアであると結論しても、もはや奇異に思われることはないであろう。死は恐怖であると同時に、隠された願望である。ドラキュラは恐怖の種をまくと同時に、女たちを誘惑するのである」（「幻想文学について」『ユリイカ』第二巻第四号「幻想の文学」特集号所収、昭和四十五：一九七〇年四月）と述べた。「ファンタスティック（幻想）」は「恐怖」という「感情」を惹起することもあるが、それは「ノスタルジア（郷愁）」に裏打ちされていることもある。これもまた「両極でのアウトプット」といえるだろう。

日曜日の午前八時からＮＨＫで放送されている「小さな旅」は数少ない好きな番組の一つなので、録画して見ている。新型コロナウイルスの感染拡大によって、番組制作が難しくなったのか、再放送が交じるようになってきている。最初の画面を見ただけで、「これは見たことがある」とわかる時もあれば、ずっと見ていってやっと「ああ、これは見たことがある」とわかる時もある。いつも集中して見ているとは限らないので、そういうことも関係しているだろうが、細かい場面までかなり覚えている回と、だいたいこういう感じだったという「流れ」を覚えている回とがあることに気づいた。つまり、「粗筋」を記憶している時と、具体的な場面を記憶している時とがある。「粗筋」はどちらかといえば

「抽象」、「具体的な場面」はもちろん「具体」だから、「抽象」でとらえ、記憶している時と、「具体」でとらえ記憶している時があることになる。なぜか、はもちろんわからないし、何が条件としてはたらいているのかもわからない。しかし、そういうことがありそうだ。

令和三年四月三日の『朝日新聞』の「多事奏論」欄で、編集委員の吉田純子は、「無数の言葉が咀嚼（そしゃく）を拒み、より硬度と速度を増してネット空間を飛び交っている。腑（ふ）に落ちる前の言葉を次から次へと交換し、「いいね」とうなずきあう。私たちは、そんな幻想の連帯の時代を生きている。言葉を吐く前の逡巡（しゅんじゅん）をショートカットし、吐いてしまった言葉を悔いる人が増えるのは、当然のなりゆきだろう」と述べている。その十日後、四月十三日の『朝日新聞』の「若い世代　こう思う」の欄には大分県の高校生の投書が載せられているが、そこには「私は人とコミュニケーションをとるのが下手だ。自分の言いたいことを言えずに会話が終わる。そこで気が向けば、自身の感情を文章に書き起こす。（略）書き終わって心が少し軽くなる。ため込んでいた感情がフッと消えていく。その後のコーヒーもまた格別においしい。こんな至福も悪くないのではないかと思う」とある。高校生がすでに「答え」をだしている。

「気持ち・感情」はたしかにありそうではあるが、どこにあるか、と言われれば答えに窮するだろう。「ストレス」もそうだ。しかし、高校生の投書にあるように、言語化することによって、少し楽になるように感じることもありそうだ。どこにあるかわからないけれども、言語化することによって、楽になるのだとすれば、言語化することは悪くない。そして、言語化された「気持ち・感情」をよむことによって、他者の「気持ち・感情」のありかたを知ることは大事だろう。

ウクライナ戦争と言語表現

先にも記したように、令和四（二〇二二）年二月二十四日に、ロシアがウクライナに軍事侵攻を始めた。令和四年三月八日に発行されたニューズウィーク日本版『Newsweek』第三十七巻第十号（通巻一七八二号）はいちはやく「ウクライナ戦争」の「総力特集」を謳（うた）っている。五月一日発行の雑誌『世界』第九五六号は特集一「沖縄「復帰」ゼロ年」、特集二「憲法の現在地――原点と未来」の二つの特集に加えて「緊急特集」として「ウクライナ——平和への道標と課題」を組んでいる。

この「緊急特集」の中でジャーナリストの金平茂紀は、「ウクライナ侵攻から導き出された言葉「殺すな！」」という記事で「安全なスタジオ」における「タレント、芸能人、自称専門家を名乗る一群の人々の無責任な発言」についてふれ、「日本の危機があぶり出されているような錯覚にさえ陥る」と述べ、さらに、「ナオミ・クラインのいうショック・ドクトリン＝惨事便乗型資本主義の粗雑かつ幼稚な形態を見せつけられる思いがした」と述べているが、日常的ではない事態に接した時に、そこにどのような言語空間が形成されるかを注視することは重要だ。この「緊急特集」では西谷（にしたに）修もナオミ・クラインの『ショック・ドクトリン』にふれている。これらは「ことがら情報」側での言語表現についての言説であるが、その背後には、その言説をアウトプットさせた、「気持ち・感情」がある、とみるのが自然であろう。

さらに『世界』の臨時増刊号として四月十四日には「ウクライナ侵略戦争　世界秩序の危機」が発行されている。また、四月十日発行の『中央公論』五月号（第一三六巻第五号）は「プーチン暴走　世界の悪夢」という特集を組んでいる。『世界』の臨時増刊号の表紙見返しには「『世界』編集部」による「刊行にあたって」ということばが印刷されている。

「なぜ」。

2022年2月24日、衝撃とともに、世界はこの疑問詞で埋め尽くされた。

なぜ、ロシア軍はウクライナ領に無軌道な攻撃を開始したのか。

なぜ、極端な言説が暴力を正当化する光景が繰り返されるのか。

なぜ、市民が住処を、生活を、家族や知人との繫がりを、壊されなければならないのか。

そして、なぜ、またしても人が人を殺し、殺されねばならないのか。

（略）

「なぜ」という問いを突き詰めることで、人を簡単に死に追いやる権力の源泉に迫り、それに抗する道筋を探りたい。

情報の洪水のなかで、本書があらゆる戦争に反対するための思考の足場になることを願う。

「なぜ」は問いであるので、答えを求めている。答えは、問いを「人類の思索の蓄積と照らし合わせ」、「思考」によって「道筋を探」ることによって得られる。しかし、その問いが消えそうになっているという。そのことに対しても「なぜ」という問いがうまれるはずだ。なぜ「なぜ」と向き合い続け、問い続けられないのか。

五月三十日には『現代思想』六月臨時増刊号（第五十巻第六号）「ウクライナから問う歴史・政治・文化」が発行されている。柳原伸洋は「「戦争の語り」と私たちの社会　ウクライナと地続きのドイツで戦争の報を聞いて」において、三月二十三日に、日本の国会でウクライナのゼレンスキー大統領が演説をしたことを採りあげて、「この時点の日本では戦争情報はすでに消費し尽くされ、弛緩の段階に達していたといえるだろう。これは、戦争を語り続けることの困難さと結びついている」と述べた上で、「以上のような状況を目の当たりにして、日本では戦争の語り方を培い、そして蓄えてこなかったのではないかと慚愧に焼きたてられる思いだった」と述べている。これは問いをもち続け、答えを探し続けるということにおいての話、すなわち「ことがら情報」側で、「戦争」に向き合うことといえよう。しかし「ことがら情報」と「感覚情報」とが截然と分けられないことは最初からわかっている。「ことがら情報」は「気持ち・感情」の薄い皮膜に包まれて受け渡しされたり、もっと濃厚な「感覚情報」とともに受け渡しされることもあるだろう。「ことがら情報」に浸潤してくる「気持ち・感情」によって、問い続けられなくなるということもあるのではないだろうか。『世界』の臨時増刊号において、師岡カリーマ・エルサムニーは「それでも向き合うために　単純化を避けながら」という記事で「戦争報道に終日どっぷり漬かっている」と「そのストレスだけで三日に一晩ぐらいしか眠れない。遠く離れた日本のメディアが、そこまで張り切って一般視聴者を戦場に引き込む必要はない、という考え方もありうるかもしれない。実際、現地に近い北欧では「精神的に疲弊して生活に支障が出てきた」と、罪悪感を抱きながらもニュースを見るのをやめてしまった人々が多いという」と述べている。

『広辞苑』第七版は、見出し「ストレス」の語義を四つに分けて記述しているが、その四番目に「俗に、精神的緊張をいう」とある。この語義の「ストレス」は目に見えないものにつけられたレッテルといってもよい。「ストレス」は「気持ち・感情」というよりは、「気分」かもしれないが、そうした「気分」によって問いが続けられなくなるということだろう。同じ『世界』の臨時増刊号で、エカテリーナ・シュリマンは「戦禍に社会科学はなにができるか」（奈倉有里訳・解説）において、「不安が蔓延(まんえん)した社会においてよくみられる」行動として、「悲観的な気持ちに見合った情報を吸収することに時間を費やし、やめられなくなってしまう」「ドゥームスクローリング」という現象を紹介している。『群像』第七十七巻第九号（令和四年九月一日発行）は「戦争の記憶、現在」を特集している。永井玲衣(れい)の「世界の適切な保存」は次のようなことばで結ばれている。

あなたとわかりあうことはできない。わたしの痛みと、あなたの痛みは違っている。共有することはできない。だが泣きたくなるようなあたたかさを感じている。あなたの何かがわたしに届いてしまったことだけがわかる。そのかぼそいあたたかさの記憶だけで、わたしたちは生き延びることができる。

「気持ち・感情」の言語化をめぐって

令和三（二〇二一）年四月二十九日の『朝日新聞』の「オピニオン」面の「論壇時評」において、東京大学大学院教授の林香里（かおり）は、「中立・公平とは　怒り・悲しみ　集めて共有を」という記事の末尾で「怒り、悲しみ、恐怖の感情は自然と湧（わ）き出てくるものではない。メディアが取り出す、集める、引っ張り上げる。そう、こうやって、私たちの論壇も、つくっていく」と述べている。これは「論壇時評」であるので、メディアを話題にしているが、そもそも「怒り、悲しみ、恐怖」といったような感情は慎重に丁寧に言語化する必要がある。そして、受信者はそれを慎重に丁寧に受け取り、読み解く必要がある。メディアは、不特定多数の、例えば「国民」という語で括（くく）られるような人々の感情を報じるにあたっては、やはり慎重で丁寧であってほしい。報じる前に、アナウンサーが自身の感情をあらわにするというようなことでは、メディアはその役割を果たせないだろう。

ヒトという生物が「気持ち・感情」からは離れられないのだとすれば、ヒトはそれを抱えて生きていくことになる。そして、「気持ち・感情」がいろいろなかたちでアウトプットされ、そのアウトプットの中に言語化された言語表現が一定の位置を占めているのだとすれば、自身の「気持ち・感情」をどう言語化するか、言語化された、他者の「気持ち・感情」にどう対応すればよいか、は重要になる。言語化はごくひっそりと行なわれる場合もあり、そういうことにきちんと気づくことも大事であろう。

先にあげた『すばる』第四十二巻第八号には、写真家の長島有里枝が「こんな大人になりました」というコラム欄において、「感情と自己責任」という題で次のように述べている。

感情が湧くことは悪いことではないし、コンディション次第ではそれに振り回されることもある。だからこそ、その場に立ち会う他者がただ傍観したり、あとから批判したりする代わりに、彼／彼女の感情に関与——共感したり、落ち着かせたり、独りにしてあげたり——すれば、そこで起きたことの解釈そのものを変えることで「コントロール」が達成できるかもしれない。誰かの感情に曝（さら）される受け身のわたし、と考えるのではなく、誰かの感情を引き金に生みだされた相互行為の場で振る舞う一人の行為者、と考えることで。

感情と理性を二項対立させ、感情的になる人は思考が欠如した馬鹿だ、とするような言説は、感情＝女を、理性＝男が支配するというパターナリズム的思想に毒されているという意味で、わたしには受け入れがたい。

「コントロール」という「みかた」によって「感情」をとらえていいかどうか、そこはまた慎重に考える必要があるだろう。しかし、右ではやはり「相互行為」すなわち「双方向」について述べられている。二つの項があることは認める。あるいはことがらを二つの項でとらえること自体は否定しない。しかし、その（設定された）二項はつねに対立的に離れて存在しているのではなく、それを行き来する「回路」がある。それはそう考える、そうとらえてみましょう、ということを超えて、そうなっていると筆者は考える。

「コミュニケーション」というと、自身の主張を他者に伝えるということが話題になりがちであるが、言語活動がつねに「双方向的」であることを思えば、他者のひそやかな言語化に気づき、受けとめることも「コミュニケーション」といってよい。「気持ち・感情」

の言語化をどう行ない、どう受けとめるかは、今後もずっと続く「課題」であろう。

令和三年六月六日の『朝日新聞』の「朝日歌壇俳壇」欄では歌人の川野里子が「見えないものを見る」というタイトルのもと、歌人の葛原妙子（一九〇七〜一九八五）について述べていた。前衛歌人として知られる塚本邦雄は葛原妙子のことを「幻視の女王」と呼び、幻想文学の書き手として知られる中井英夫は「現代の魔女」「球体の幻視者」と呼んだ。中井英夫が「魔女」という表現を使い、塚本邦雄が「女王」という表現を使っていることには、両者が男性であることがかかわると思われる。そういう語を自らとは異なるジェンダーである葛原妙子に使うことによって、なんらかの「気持ち・感情」を表出しているように思われるが、それは「ジェンダー」についての議論になるので、ここではそこに踏み込まないことにする。

川野里子は葛原妙子の「原不安と謂うはなになる　赤色の葡萄液充つるタンクのたぐいか」（『葡萄木立』所収、昭和三十八：一九六三年、白玉書房）をあげ、「まるで血液のように真っ赤な葡萄液が充ちたタンク。葛原はワインを醸すタンクに自らが抱える「原不安」を投影し、不安の姿を浮かび上がらせる。重たい調べと映像が響きあい、現代を生きる人間が普遍的に抱える正体不明の不安とはこれであったかと思わせる。／見えないものの中で最も厄介なのが人間の心だ。それを見ることこそが詩歌の視力なのだ」と述べている。葛原妙子には「夕雲に燃え移りたるわがマッチすなわち遠き街炎上す」（同前）という作品がある。自身が擦ったマッチの火が、「夕雲に燃え移り」それがすぐに遠い街に燃え移っていく、そのさまがありありと見えるということだろうから、それが川野里子いうところの「詩歌の視力」だろう。空間をやすやすと超える「視力」といってよい。吉田初三郎が描いた、九州全体の鳥瞰図（ちょうかんず）のようなものといってよいかもしれない。そして、その「視力」は自身の「内部」と「外部」とを同時に見ることもできる。

葛原妙子に「けいとうの群れいしところ薄赤き空気をのこし鶏頭みえず」（『鷹（たか）の井戸』所収、昭和五十二：一九七七年、白玉書房）という作品がある。「けいとう」は植物、「鶏頭」はニワトリの頭で、塚本邦雄は『百珠百華　葛原妙子の宇宙』（平成十四：二〇〇二年、砂子屋書房）において、「理の当然の冗句」（一七〇頁）と述べる。「冗句」はともかくとして、「理の当然」は、ケイトウが群れ咲いていた場所にニワトリの頭が見えるわけがない、という意味合いでの「理の当然」である。葛原妙子には「酸鼻なるもの滴れり鶏頭の花冠さかしまに吊せるを見る」（『薔薇窓』所収、昭和五十三：一九七八年、白玉書房）という作品ももある。ケイトウの花が逆さまに吊されているところから葛原妙子はニワトリ（鶏）の頭が吊され、そこから滴り落ちる「酸鼻なるもの」を見る。ケイトウの花の紅が、そのまま視覚映像としてニワトリにつながっていくのか、「ケイトウ」という語からでもそれが起こるのか、そこはわからないけれども、とにかくそういうものが見える。しかしケイトウの花という実在するものがそこにはないニワトリの頭を視覚的に呼び出すよりも、塚本邦雄の「非在の鶏頭の、緑ならぬ赤の残像の方が、読者にとっては脅威に満ちている」（『百珠百華　葛原妙子の宇宙』一七二頁）という発言はそのとおりであろう。葛原妙子は見えないものを見る。そして塚本邦雄は「詩歌とは視てはならぬものを、敢えて視ることの証ではなかったろうか」（同前）と述べる。「視てはならぬもの」は塚本邦雄らしいし、「敢えて視る」も歌人の立場からの発言にみえる。筆者としては「（通常は）見えないもの」を「見る」「回路」が詩的言語＝詩歌であるととらえておきたい。

本書がここまで述べてきたことに沿って、説明を加えるならば、ヒトが内部に抱える「気持ち・感情」はそもそもとらえどころがないともいえよう。それを言語によって意識的に表出することで、自身の「気持ち・感情」を確認できることがある。あるいは言語化して表出することによって「救われた」と感じることもあるかもしれない。また、意識しなくても、「情報」発信者の「気持ち・感情」がそこはかとなく表出されていることもあるだろう。それに気づいた受信者は、こういうかたちで「気持ち・感情」が表出されることがあるということを知ることになる。それもヒトの「コミュニケーション」といえるだろう。自身が他者に伝えたい「情報」を（論理的に）わかりやすく他者に伝えることは大事であるが、それさえできればいいということでもない。自身が他者に伝えにくいもやもやとした「気持ち・感情」を他者に詩的言語を使って伝えてみようとすることもいい。他者の言語からそうしたもやもやとした「気持ち・感情」を読み取ることもいい。言語は「見えないものを見るための手段」でもある。

本書では、およそ百年前に「鬱屈」がどのように言語化されアウトプットされていたか、についてできるだけ具体的に考えてきた。「内省」ができるから、現在の「鬱屈」を観察することの方がたやすいだろうというみかたがあるかもしれない。そういうことはありそうだ。しかしその一方で、「現在」は進行中で、まだ整理することができないということもある。筆者は、エドワード・ハレット・カー著、清水幾太郎訳の『歴史とは何か』（昭和三十七：一九六二年、岩波新書）をおそらく高校生の頃に読んだが、令和四（二〇二二）年五月に「新版」を謳う、近藤和彦訳『歴史とは何か』が同じ岩波書店から出版され、話題になっている。何かの「歴史」について語るためには、まず「歴史とは何か」「歴史を語るとはどういうことか」について考えておく必要がある。百年前の「鬱屈」を採りあげて、観察したのは、まず現在とは少し「距離」がある時期がどうであったかを虚心坦懐に観察してみようと考えたからだ。

「気持ち・感情」を言語化することはどんな時期においても難しい面をもつ。しかし、「鬱屈」した「気持ち・感情」を言語によってアウトプットすることによって、そうした「気持ち・感情」が「内」にこもり、場合によっては自身の身体を傷つけることを防ぐこともできそうだ。そうした言語化、アウトプットはかつては、文学作品、詩的言語といった一定の枠組みの中で行なわれていたようにもみえる。江戸時代の国学者である富士谷御杖は、和歌によって「鬱情」をはらすということを唱えた。やむにやまれぬ気持ちを和歌に託し、そうしたやむにやまれぬ気持ちによる心身や事態の「破綻」を未然に防ぐということだ。詩的言語としてアウトプットされた「鬱情」は他人に向けられた言語ではないので、他人を傷つけることはない。しかし、現在はどうだろうか。「鬱屈」した「気持ち・感情」が他人に向けられることがあるのではないだろうか。それも匿名というかたちで。そうしたことについては、すでに多くの人が気づいている。どうやって「鬱屈」した「気持ち・感情」をそらしていくか、ということは感情をもつ生物としてのヒトに課せられた大きな課題であるのかもしれない。

第一章において中村真一郎『大正作家論』を引用した。引用箇所の少し先で、中村真一郎は「佐藤春夫と芥川龍之介。この二人は、大正文学を考える場合、しばしば対比して論じられる」（二二六頁）と述べた上で、「芥川は次の時代に対する不安からも死を選んだのではないかと佐藤春夫は想像している。そうして、佐藤春夫自身は、生を選んだ」（二二七頁）と述べる。「死」と「生」とは生物としてのヒトの究極の「二項対立」といってよいだろう。中村真一郎は「生を選んだ」佐藤春夫について「この巨匠の、豊富な作品は、余り贅沢（ぜいたく）に咲きすぎて、花壇から満ちあふれ、道端でもったいなくも、雨に打たれている花という観がなくもない。もっとも、それもまた、ひとつの詩的情景ではあろうけれど」（二一七〜二一八頁）と述べている。

臨川書店から出版されている『定本佐藤春夫全集』は全三十六巻、別巻二巻だ。佐藤春夫は小説を書き、詩を書き、翻訳をし、短歌をつくり、評論や随筆も書いた。その全貌はおそらくあまり知られていないのではないか。その点において、北原白秋に似ているといえよう。憂鬱を感じながら、それでも「豊富な作品」を残す。花壇ではない場所にあふれでてしまって、あまり見る人もなく道端で雨に打たれている花はみんなに「イイネ」とは言ってもらえないかもしれないし、インスタ映えもしそうにない。しかし、少々の雨をものともせず、たくましく咲き、たくましく生きる、また楽しからずや。そういう気持ちも大事だと思いたい。

おわりに

「渦中の人」ということばがある。この場合の「カ」は「禍」ではなく、「渦（ウズ）」で、「カチュウ（渦中）」は〈水のうずまく中〉ということで、そこから転じて〈紛乱した事件の中〉というような意味で使われることがある。ことがらの中にはいり込んでしまうと、ことがら全体をみわたすことができなくなる。新型コロナウイルスの感染拡大という大きな渦に巻き込まれてしまうと、全体をとらえることができなくなる。しかし、その一方で、日本のいろいろな地域がどうなっているか、日本以外の国々でどうなっているか、という対照ができた。そしてそういう「情報」がひろく提示された。

ところで、言語はどんな言語であっても、時間が経過すると変化する。「うつりゆくこそことばなれ」というタイトルの本があるが、経時的に変化することは言語にとって宿命といってもよい。しかし、その変化を実感できることはあまり多くない。ずいぶん時間が経ってから、ああ少し変わってきたかな、と思ったりする。日々言語を使って生活しているのだから、言語使用に関してはつねに「渦中」といってもよいかもしれない。

新型コロナウイルスの感染拡大前に早く戻りたいということばを聞くことがある。しかし、新型コロナウイルスの感染が拡大してもしなくても、今よりも前に自身が戻ることはできない。新型コロナウイルスの感染がなかなか終息しない今があると考えるしかない。

自身が前に戻ることはできない。しかし、（「歴史」をどう定義するか、ということは、それはそれで議論が必要なことではあるが、今ここではそこまでは話題にしないことにして）「過去」がどうであったかを「歴史」というかたちで観察したり確認したりすることはできる。そしてその観察や確認に基づいて、あれこれと考えることもできる。

村上春樹「風の歌を聴け」は昭和五十四（一九七九）年五月に発売された『群像』六月号に掲載され、同年七月二十三日に講談社から単行本として出版されている。昭和五十三（一九七八）年、二十九歳の「僕」が八年前にあたる昭和四十五（一九七〇）年八月八日から二十六日までの十八日間の物語を記すという形式を採っている。八年前の「僕」を八年後の「僕」が思い返す。そのことによって、「僕」は「僕」によって観察された「僕」として描かれることになる。

何かにいやおうなく巻き込まれることは確実にある。しかしまた、巻き込まれている自分を冷静に観察することが大事である場合もある。本書は百年程前に、鬱屈した「気持ち・感情」がどのように言語化されていたか、ということをできるだけ冷静に観察することに努めた。本書が、自身でもとらえにくい「気持ち・感情」について考えるきっかけに少しでもなってくれればと思う。

今野真二（こんの しんじ）

清泉女子大学教授。日本語学専攻。一九五八年、神奈川県生まれ。八六年、早稲田大学大学院博士課程後期退学、高知大学助教授を経て、現職。著作に『盗作の言語学 表現のオリジナリティーを考える』（集英社新書）、『うつりゆく日本語をよむ―ことばが壊れる前に』（岩波新書）、『振仮名の歴史』（岩波現代文庫）、『日本語の教養１００』（河出新書）、『言霊と日本語』（ちくま新書）など多数。

集英社新書一一四七F

「鬱屈（うっくつ）」の時代（じだい）をよむ

二〇二三年一月二二日 第一刷発行

著者……今野真二（こんの しんじ）

発行者……樋口尚也

発行所……株式会社集英社

東京都千代田区一ツ橋二-五-一〇 郵便番号一〇一-八〇五〇

電話 〇三-三二三〇-六三九一（編集部）
〇三-三二三〇-六〇八〇（読者係）
〇三-三二三〇-六三九三（販売部）書店専用

装幀……原 研哉

印刷所……大日本印刷株式会社 凸版印刷株式会社

製本所……加藤製本株式会社

定価はカバーに表示してあります。

ISBN 978-4-08-721247-1 C0295

Printed in Japan

集英社新書　好評既刊

文芸・芸術——F

現代アート、超入門！	藤田令伊
俺のロック・ステディ	花村萬月
マイルス・デイヴィス 青の時代	中山康樹
現代アートを買おう！	宮津大輔
小説家という職業	森　博嗣
美術館をめぐる対話	西沢立衛
音楽で人は輝く	樋口裕一
オーケストラ大国アメリカ	山田真一
証言 日中映画人交流	劉　文兵
荒木飛呂彦の奇妙なホラー映画論	荒木飛呂彦
耳を澄ませば世界は広がる	川畠成道
あなたは誰？ 私はここにいる	姜　尚中
素晴らしき哉、フランク・キャプラ	井上篤夫
フェルメール 静けさの謎を解く	藤田令伊
司馬遼太郎の幻想ロマン	磯貝勝太郎
ＧＡＮＴＺなＳＦ映画論	奥　浩哉
池波正太郎「自前」の思想	佐高信 田中優子
世界文学を継ぐ者たち	早川敦子
あの日からの建築	伊東豊雄
至高の日本ジャズ全史	相倉久人
ギュンター・グラス「渦中」の文学者	依岡隆児
荒木飛呂彦の超偏愛！映画の掟	荒木飛呂彦
水玉の履歴書	草間彌生
ちばてつやが語る「ちばてつや」	ちばてつや
日本映画史110年	四方田犬彦
読書狂(ビブリオマニア)の冒険は終わらない！	三上延 倉田英之
文豪と京の「庭」「桜」	海野泰男
アート鑑賞、超入門！ 7つの視点	藤田令伊
なぜ『三四郎』は悲恋に終わるのか	石原千秋
荒木飛呂彦の漫画術	荒木飛呂彦
世阿弥の世界	増田正造
ヤマザキマリの偏愛ルネサンス美術論	ヤマザキマリ
テロと文学 9・11後のアメリカと世界	上岡伸雄

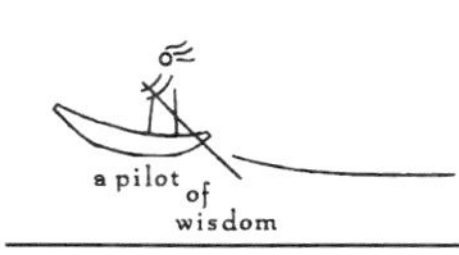
a pilot of wisdom

集英社新書　好評既刊

社会──B

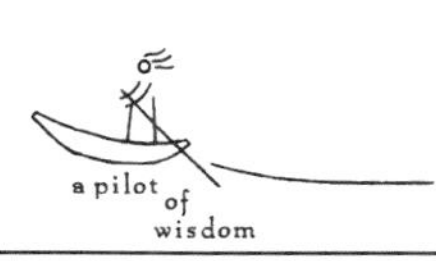
a pilot of wisdom

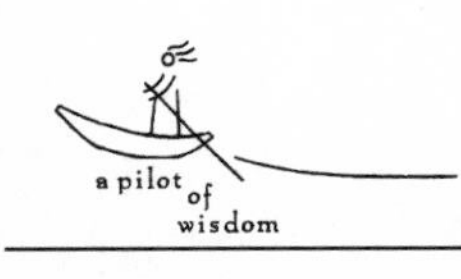

集英社新書　好評既刊